菊池　寛

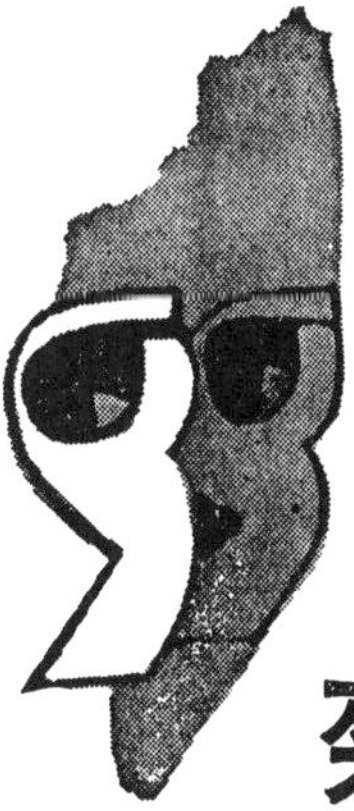

菊池　寛

●人と作品●

福田清人
小久保武

CenturyBooks　清水書院

原文引用の際，漢字については，
できるだけ当用漢字を使用した。

序

史上、大きな業績を残した人物の伝記や、すぐれた文学作品に青春時代ふれることは、人間の精神形成に豊かなものを与えてくれる。

ことに苦難をのりこえて、美や真実を求めて生きた文学者の伝記は、強い感動をよぶものがあり、その作品理解のためにも大きな鍵を与えてくれるものである。

たまたま、私は清水書院より、近代作家の伝記とその作品を平明に解説する「人と作品」叢書の企画について相談を受けた。その執筆には既成の研究者より、むしろ新人に期待するということであったので、私の出講していた立教大学の大学院で近代文学を専攻した諸君を中心に推薦することにした。そして私も編者として名を連ねることになった責任上、その原稿にはいちおう目を通した。

こうしてすでに一九六六年より、三十余巻を刊行してきたが、叙述の平明さ、その新鮮さ等で幸い好評なことは、編者としても大きな喜びである。

ここに、新しく「菊池寛」を加えることとなったが、執筆者小久保武君は、立教大学英米文学科卒業後、さらに日本文学科に学び、大学院博士課程に席をおいた篤学の士である。

菊池寛は「文壇の大御所」と呼ばれる存在であった。その生涯は極めて振幅が大きかった。若い日の苦労から、その作品は人生派的であり、明確に人生の指針を示した良識があった。戯曲に短編にやがて、新聞小説に新風を示した。ジャーナリストとして「文芸春秋」を創刊し、ユニークな雑誌の形態を作った。「芥川賞」「直木賞」等による後進の育成、作家の地位の向上確立など、近代文壇における彼の功績は数えきれない。

その巨大な存在にかかわらず、その像を刻んだ人は意外に少ない。菊池寛と同じく基礎に英文学を学んだ小久保君は、その後の生活の歩みと共に、その人を描くに好適で、その要点をおさえて、その人と作品をここによくまとめてくれたのである。

なお、高松市関係の写真は、高松市教育委員会ならびに同市立図書館のご厚意によるものである。

福田清人

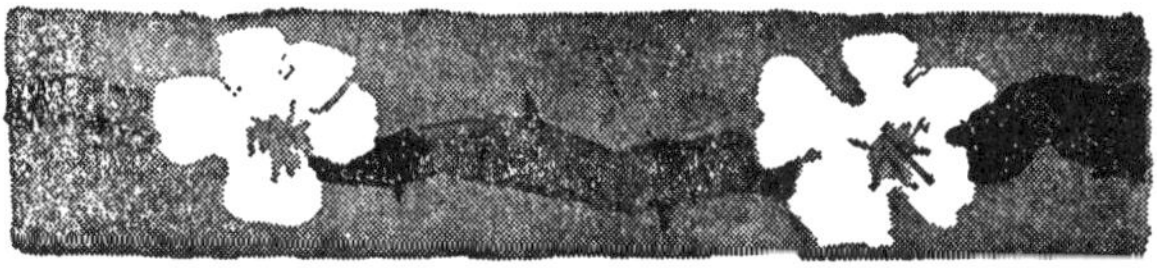

目次

五、文壇の大御所

第二編　作品と解説

第一編　菊池寛の生涯

「生活第一、芸術第二」

「私は、芸術が芸術である所以は、そこに芸術的表現があるかないかに依って、定まると思う。が、その定まった芸術が人生に対して、重大な価値があるかどうかは、一にその作品の内容的価値、生活的価値に依って定まると思う。

私の理想の作品と云えば、内容的価値と芸術的価値とを共有した作品である。話を換えて云えば、われわれの芸術的評価に及第するとともに、われわれの内容的評価に及第する作品である。

イプセンの近代劇、トルストイの作品が、一代の人心を動かした理由の一は、あの中に在る思想の力である。その芸術だけの力でない。芸術のみにかくれて、人生に呼びかけない作家は象牙の塔にかくれて、銀の笛を吹いているようなものだ。それは十九世紀頃の芸術家の風俗だが、まだそんな風なポーズを欣《よろこ》んでいる人が多い。

文芸は経国の大事、私はそんな風に考えたい。生活第一、芸術第二。」

（菊池寛「文芸作品の内容的価値」より）

一、貧しい生い立ち

士族の家柄に生まれる

四国の東北端、瀬戸内海をのぞむ香川県の中枢高松市は、付近に源平の古戦場屋島をはじめ、金刀比羅宮《ことひらぐう》、空海弘法大師の生誕《せいたん》地など、数々の史跡や伝承の地を擁《よう》した風光明眉《めいび》な南国の小都会である。江戸期には、寛永十九（一六四二）年水戸の藩祖である徳川頼房《よりふさ》の庶《しょ》長男松平頼重《よりしげ》が十二万石をもってこの地に封じられて以来、明治二（一八六九）年六月に十一代藩主頼聡《よりさと》が封土版籍を奉還するにいたるまで、二百二十年あまりにわたって栄えた城下町でもある。藩主は代々学問を重んじたといわれ、家臣からは『*職原抄考証《しょくげんしょうこうしょう》』などの労作を世に残した後藤芝山《ごとうしざん》や、『五山堂詩話』の著者として知られる天保期の漢詩人菊池五山など、多数の儒者《じゅしゃ》が輩出《はいしゅつ》した。また蘭学・本草学・国学などに通じ、晩年には戯作・狂文などを書いた幕末期の奇人平賀源内もこの地の出身である。

菊池寛（きくち・ひろし）は、明治二十一（一八八八）年の十二月二十六日、この高松市の一角、七番丁《ちょう》六番戸《こ》の一に、父武脩（たけなが）、母カツの三男として呱々《ここ》の声をあげた。寛の上には一人の姉と二人の兄がおり、のち妹が一人生まれた。菊池家は、明治維新までは代々藩儒として松平家に仕えた士族の家柄である。

* 『職原抄（鈔とも書く）』は、北畠親房がわが国歴代の官位の沿革補任の次第などを記した書物の名。『職原抄考証』は、後藤芝山（一七二六―八二）が同書を考証し、注釈を加えたものである。

もともと同藩には二代目藩主頼常に迎えられた元昌平黌《しょうへいこう》学頭、菊池半隠《はんいん》（武雅）を祖とする菊池家と、高松出身の儒者、菊池黄山（武賢）を祖とする菊池家と、二つの別な菊池家があったが、寛の生をうけた菊池家はこの後者である。

もっともこの両家は全然無関係であったわけではない。前記の漢詩人菊池五山は、半隠家の二代目武韶《たけつぐ》が、ある理由で禄を奪われ、その子ともども藩を去って跡を継ぐ者がなくなったときに、他家から同家の養子に入り、その統をついだ人である。ところがこの五山は寛の先祖菊池室山（武保）の実子とも、またその室山が養子として跡をつがせた守拙（縄武）の実弟ともいわれているのである。

菊池家系図

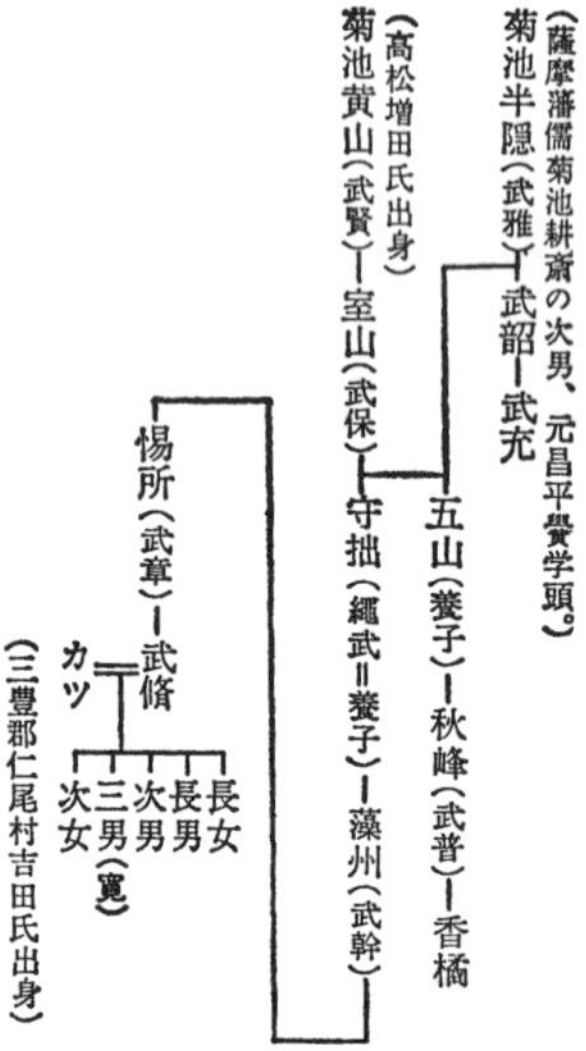

『高松市史』（高松市役所編、昭八）の「菊池半隠並に其門流」の項によれば、菊池五山と菊池守拙はともに郷普請奉行池内延久の実子兄弟で、それぞれ養子として半隠、黄山両家の統をついだことになっている。また『讃岐《さぬき》雅人姓名録』（赤松景福著、大五）にも、守拙は「五山の兄、武保の養子、実は池内清三郎の次男」と説明されている。しかし、同じ『高松市史』の「人物略伝」の項を見ると、

「菊池五山、室山の実子、名桐孫、武雅の家を継ぐ」

とあり、『讃岐雅人姓名録』の「菊池室山」の項にも、

「武賢の養子、実は常福寺法専の末子、五山の父なり」

というふうにしるされ、守拙、五山は池内氏出身の実兄弟であるという前記の説明と矛盾している。寛自身ものちに『高松市史』を読んでこの矛盾に首をひねり、『文芸春秋』のコラム「話の屑籠《くずかご》」（昭八・六）で二三の推測を試みたが、それを読んだ高松市役所が寛に手紙を送り、「五山は室山の実子である」と知らせて来たということが同年十月号の同じ欄に紹介されている。これらを参考にして推論すると、菊池五山は室山の実子であったのが、師筋にあたる半隠の家統を継ぐために同家の養子に入り、一方跡継ぎのいなくなった室山が別に他家（郷普請奉行池内延久であろう）から養子を迎えたということになる。寛自身も前記「話の屑籠」でそのような仮説をたてている。

いずれにしても、右のような事情から、二つの菊池家の間にはむしろ密接な血縁関係のあることが考えられ、寛もこの両家の血統を等分に受けついでいるということがいえる。寛の年譜に菊池五山がその先祖の一人であるとしるされているのは、こういった事情にもとづいているのである。

ところで、寛が生をうけた菊池家が維新直前ごろどれぐらいの禄高を受けていたかは明らかではないが、寛が「半自叙伝」（昭三・五―四・一二『文芸春秋』連載）の中に書いているところによれば、三両五人扶持《ぶち》といった程度の微禄であったらしい。しかし、武芸ではなく、学問をもって主に仕え、また一家をなしたこれら祖先の好学的な気風は、菊池寛を博識な大作家として世に送り出すための力強い母胎となったのである。

冷たい父と暖かい母

その菊池家も、維新後は他の下級士族階級と同様、没落の悲運に見舞われた。寛がものごころつきはじめた当時、父親の武脩は小学校の庶務係をつとめており、その月給はおよそ八円ほどであったという。一家はこの父親のわずかな俸給と、二か月に一俵ぐらいの割ではいってくる小作米をたよりに窮屈な暮らしを送っていた。家は昔ながらの士族屋敷で、六間ほどの部屋数があり、屋敷の敷地も二百坪ほどあったというから、よそめにはかくべつ貧乏暮らしをしているようには見えなかったであろう。しかし、実際は士族らしい体面を保とうとしたために、必要以上に苦しい生活を余儀なくされたらしい。士族あがりの父武脩にとって、青壮年時代をこうした零落した生活のうちに送ることは、時勢とはいえ大いに不本意なことであったにちがいない。おそらく世間並みの父親のごとく、のんきにわが子を甘やかすといったような余裕は、経済的にも、また気持ちのうえからも持てなかったのであろう。こうした父親が幼い寛の目に冷たい父親として映ったとしても、それはいたしかたのないことであった。「半自叙伝」の中で、寛はこの父親の印象を母のそれとくらべながら次のようにつづっている。

「家は貧しかったけれども、母はよく愛してくれた。私の母は、賢母であったかも知れない。忍苦欠乏に堪えて、多年私の家の貧乏世帯のきりもりをしたものである。私は、父の愛を知らなかった。しかし貧しい家

菊池寛の生家（現在は記念碑だけが建っている）

庭では、父は容易にその愛情を示すことが、むずかしい。母は、衣物《きもの》をこさえたり、第一食物を与えたりすることで、いくらでもその慈愛を示すことが出来るが、玩具《おもちゃ》を買うだけの金もない父親は、愛情を示す手段が甚だ少いのである。母は、自分で機《はた》を織って着物をこさえてくれた。」

幼い寛にも父親の心中の苦悩は本能的に感じられたのであろう。寛のこの回想には、貧窮な家庭における父親の孤独な立場があざやかに描き出されている。かれはのちに文学者として大成してからも、何よりもまず生活の安定ということを重視したが、こうした考えの底にもかれが右のような失意の父親を通して、本能的に学びとった貧乏への反発心が働いていないとはいい切れないであろう。

父親の場合とは逆に、寛は母親にたいして深い情愛を感じたといっている。気質的にもかれは母親からは多くの感化を得ているように思われる。家が貧乏であったかれはのちに家を抵当に入れた金で自分の学費をまかなってもらいながら、二度までも学校を除名されるといった奔放な学生時代を送ることになるが、かれのこうした逆境や失敗を暖かい信頼の目で黙々と見守ってくれたのは、ほかならぬかれの母親であった。その母親からの感化の中で、とくに注目してよいのは寛の演劇趣味である。

母カツは香川県の西北、三豊郡仁尾《にお》村の旧家の出である。その仁尾に近い琴平は一年を通じて全国からの参詣客でにぎわう金刀比羅宮の門前町であるが、ここでは俗に金毘羅《こんぴら》芝居といわれる芝居興行が昔から盛んであった。これはとくに上方《かみがた》方面からの歌舞伎役者たちが、参詣をかねてこの地で興行することが多かったためである。仁尾の旧家に育ったカツは娘時代からこの金毘羅芝居を見に通ったらしい。武脩に嫁いで高松に来てからは、その芝居通いも経済的な点から思うにまかせなかったにちがいないが、その高松もやはり町ぐるみ芝居に熱中するような土地柄であった。『高松新繁昌史』（長尾藻城著、明三五）はそれを次のように伝えている。

「演劇の盛明治七八年の交を以て極まれりとなす、当時劇場の市内に存するもの曰《いわく》、東浜町曰、出晴《ではれ》曰、馬場御旅所《ばばおたびしょ》、而して俳優の来る者亦た上方の千両役者を唱ふるものにして尾上多見蔵、市川鰕《えび》太郎、尾上菊三郎、市川右団次の如き相踵《あいつい》で乗込来る、而して一場開演する時は他場亦必ず盖を開く彼是《ひぜ》相競争《あいきようそう》木戸賃に棧敷代《さじきだい》に将《は》た技芸に所謂反対と称して廉《れん》を競ひ精を争ひ互に観客の多きを自負す、甚だしきに至ては無代入場を許すに至る、観客も自ら贔負《ひいき》の偏するあり、甲与乙毀《こうよおつき》一派をなす、人気既に斯の如し」

こうした状態であったから、母親のカツとしてはたとえ劇場へ通わないまでも、狂言や役者の評判に胸おどらせていたにちがいない。幼い寛に「妹背山《いもせやま》」とか、「鎌倉三代記」とか、「菅原伝授手習鑑《すがわらでんじゅてならいかがみ》」といったような歌舞伎狂言のくわしい筋をおりにふれて話して聞かせたという。こういった母親の感化を受けた寛は中学時代から歌舞伎芝居に関する書物を好んで読むようになり、のちに上京してからも芝居見物に熱中した。作家として出発した当初も、小説よりはむしろ戯曲を書くことに専念し、その中には現在にも生きつづける傑作が数多く含まれているのである。この寛の演劇趣味を母親からの感化と切り離して考えることはできない。

早熟な「もず博士」

明治二十八年四月、寛は高松市の四番丁尋常小学校に入学した。このころのかれは愛らしい顔つきをした子どもだったらしい。成人してからは自分の容貌に自信のなかった寛はこのことが相当自慢のたねであったらしく、「半自叙伝」の中で次のように回想している。

「私は幼年時代には、割合可愛い子供であったらしい。そのことを云うといつも妻にひやかされるのであるが、しかし尋常一年生時代女の先生に非常に寵愛された記憶があるし、あるとき、道端で熊の入った檻《おり》を置いてあり、それを多くの子供達が囲んで見ていたとき、その熊の所有主が『お前は可愛い子だから見せてやろう』と云ったことを記憶している。*久米《くめ》は、十八まで美少年であったと自慢しているが、恐らくそうであったかも知れないし、私も十位までは、可愛い子であったのであろう。」

ところがかれは成長するにつれて次第にぶおとこに変わって行ったのである。右の文章につづいて、さらに次のような思い出がのべられている。

「私は、十四五歳になり、身体が発達するに従って醜《みにく》くなった。父に『お前位おとなびた変な顔をしている奴はない』と云われて、いやな気持をしたことを覚えている。

だから、後年トルストイの自叙伝の中で、トルストイが母から『レオやお前はいゝ子にならなけりゃいけない。お前は顔がみにくいから顔では誰も可愛がってくれないよ』と云われたと云うのをよんで、トルストイに同情した。」

* 久米正雄《まさお》（一八九一—一九五二）　小説家、劇作家。寛とは一高時代の同窓で、終生、親交を結んだ。代表作「牛乳屋の兄弟」（戯曲）。

他人ならばともかく、自分の父親から容貌の醜いことを指摘されたということは、かれの心を深く傷つけたに違いない。しかし、他方ではその慰めを偉人の伝記の中に見いだしている点などに、大作家として成長したかれの面目がうかがわれる。

家の経済は苦しかったが、子どもの寛にとって自然を相手の遊びにことかくことはなかった。波静かな高松の海は夏には絶好の海水浴場を提供してくれた。寛はここで小学校一年のころから毎年先生について泳ぎの稽古《けいこ》をした。その泳法は旧藩時代から伝わる水府流であったという。青年時代にかけて寛はテニス・野球・ピンポンなどいろいろなスポーツに熱中したが、この水泳はその最初のものであったろう。

夏の終わりから秋にかけては魚つりやとんぼつりに熱中した。とくにとんぼつりはかれの得意な遊びの一つであった。これは糸の先につけた雌《めす》のとんぼをおとりにして近寄ってくる雄《おす》をとらえたり、「オーチョ」と呼ばれるつがいのとんぼが水面にとまったところを網でとらえたり、女の髪をつなぎ合わせた両端に小石の紙包みを結びつけ、それを空中に放りあげて、からみ取るという遊びである。

晩秋には「もず落とし」という豪快な遊びが行なわれたが、寛はその名人であった。これも「おとり」を使うのであるが、これだけは店で買わなければならない。しかし、あとのことは全部自分でやった。それは、やや残酷だが、「おとり」のもずの両眼の下まぶたに針で糸を突き通し、それを頭の上で結ぶのである。そしてそれをモチ竿《ざお》の上につないだ止まり木にとまらせ、もずのいる近くに立てる。この「おとり」の頭をつかんで鳴き声を出させ、急いで付近にかくれて待っていると、たいていの場合相手のもずは「おとり」の鳴き声を聞きつけて襲撃して来る。このとき「おとり」はひとたまりもなく止まり木からころげ落ちるが、相手のもずは勢いあまって下のモチ竿につかまってしまうことが多いのである。このモチ竿にはまった鳥をとらえるのであるが、小柄ながら猛禽《もうきん》であるから激しく抵抗する。寛がこうしたもずにかみつかれた傷あとは、かなりあとまで消えなかったそうである。

寛が少年時代を過ごした高松市の風景

　しかし、十羽のうち六、七羽はかならず落としたというほどの腕前で、このためにかれは仲間から「もず博士」の称号を贈られたということである。この遊びは少々危険をともなう遊びであるから、小学校もかなり高学年になってから、たぶん高等小学から中学時代にかけてのものだったであろう。こうした少年時代の遊びにのぞかれるかれの熱中癖や、行動的な性格は、ある意味でかれの一生の生活態度を支配したとみてもよかろう。

　一方、寛は読書や教養の点でもたいへんに早熟であった。「半自叙伝」によれば、尋常小学校の四年生のころに自宅のふすまにはってあった新聞小説を読み、その中に出て来た「恋」という字の意義がわかったということである。学科の中ではとくに読方や作文が得意であった。十二、三歳のころ「月の夜をブラリブラリと散歩かな」という俳句を作って少年雑誌に投書したところ、六号活字になって載せられ、それを読んだ父親を大いに感心させたという。このころの少年雑誌としては、『少国民』や『少年世界』が有名であった。寛もおもにこういう雑誌を買ったり、借りたりして愛読していたのであろう。

しかし、学年が進み、高等小学三年（当時の制度では尋常小学校四年、高等小学校四年にわかれていた）のころになると、もう少年雑誌にはあきたらなくなってしまった。そして中学に行っている次兄が友人から借りてくる『文芸倶楽部』などを読みはじめ、早くも紅葉・露伴・水蔭《すいいん》・柳浪《りゅうろう》などの小説に親しむようになった。かたわら半紙をとじて作った帳面に、日記のような、習作のようなものを書きため、それが十三、四冊にも達したという。残念ながらこれらの習作帳の大部分は、家の人が書画や表具の裏打ちに使ってしまったので残っていない。しかし後日、寛が家に伝わる平賀源内の手紙をとりだしてみると、その裏打ちに使ってあるのがまぎれもなくかれの習作帳の一部で、しかもその内容は少女小説の一節であったという。読書ばかりでなく、創作の面でも相当に早熟であったことがわかる。

にがい貧乏の味

家の経済の苦しさは並み大抵ではなかったらしく、貧乏にまつわるかれのにがい記憶は枚挙にいとまがない。高等小学三年のとき、父親が寛に教科書を買ってやるのを億劫《おっくう》がって、かれに写本をさせたことがある。かれは情けなく思いながらも友人に借りた本を写しはじめた。ところが生まれつきのんきなところのあったかれは、その本を紛失してしまった。しかたなく新しい本を買って返すことになったが、いざ新しい本を買ってくると、こんどはなくなったと思った本がどこからか出て来た。結局は自分も人並みにほんとうの教科書を持つことができたわけだが、このほろにがい体験はながく忘れられない記憶としてかれの心の中に残った。後年の戯曲「父帰る」（大六）の中にもこの写本のことが材料に使われている。

寛にとって、もっとも切ない思い出の一つは修学旅行に行かせてもらえないことだった。

「病気でもないのに修学旅行へ行かれないなど云う子供心の情なさは、また格別である。私は、あるとき、泣いて父に修学旅行にやってくれと強請したら、父はうるさがって寝てしまった。寝ても、私は強請をつづけていると、父はガバと蒲団の中で起き上って、『そんなに俺ばかり、恨まないで、兄を恨め！　家の公債はみんな兄のために、使ってしまったんや』と、云うようなことを云った。公債など初からいくらも無かったのであるが、しかし公債でもあれば、いくらか楽だと父は思っていたのであろう。」（「半自叙伝」）かれはこういっている。この文にでて来る「兄」が誰を指すのかはっきりしない。寛の長兄は地元の香川師範を卒業後、寛の学んだ四番丁小学校の教員となって、早くから父親をたすけて一家を支えた人である。次兄は寛に似て秀才であったが、行動に放縦なところがあり、中学在学中に三度も落第したのち退学してしまった。そしてその後は病身のため長く一定の職につくことができず三十六歳で早逝している。後年の寛の小説「肉親」（大一二）はこの次兄を扱かった作品であるが、その中に、

「長兄は若い時に、少し遊蕩したが、その後師範を出てコツ〳〵と教員をしていた。」

という一節がある。これから見れば「兄」というのは長兄を指しているのかもしれない。しかし、寛自身もいっているように、維新後支給された公債そのものがもともとわずかな額でしかなかったのであるから、父親としてはわが子に泣いて責められたあげく、考えついた窮余の言いわけだったのであろう。貧乏についてはさらに次のようなにがい経験もある。

ある時寛は金持ちの家の友人と連れ立って縁日をひやかしていた。ある植木屋で植木の値段を聞くと、「五銭だ」という。寛は、まけるはずがないと思って、

「五厘にしろ!」

といった。

すると、それは根のない植木であったとみえ、植木屋はあっさりと五厘にまけてしまった。寛はあっけにとられてしまった。はじめから買うつもりはないのだし、たとえ買うにしても五厘の金さえ持たなかったのである。かれはあわてて通り過ぎようとしたが、おこった植木屋に呼びとめられ、さんざんに罵倒《ばとう》された。友人はかれがその植木を買わないのをいぶかったが、かれは、五厘の金もないといってその友人から金を借りることは、植木屋に罵倒されるよりも恥ずかしかったので、ただ逃げるようにそこを通り過ぎるほかなかった。寛はこの時ほど金を持っていないことの悲哀を感じたことはなかったといっている。こうしたにがい貧乏の体験は、成人してからの寛の金銭観や人生観に深い影響を及ぼしている。

貧乏とは直接関係ないが、寛にとって長く忘れられない事件がもう一つある。それは寛が高等小学校二年(現在の小学校六年にあたる)のときに盗みを働いたことである。寛は級友から「マイナス」という遊びを教えられた。これは要するに店先の品物を盗むことなのだが、かれらはこれに算数で使う「マイナス」、つまり「引く」という意味の記号をあてはめたのである。それが寛にはたいへんめずらしい遊びのように思えたので、さっそく実行にとりかかってみると、案の定スリルに満ちた、ロマンチックな冒険であった。しだいに仲間の数もふえ、めいめい技を競い合うようになって行った。とってくる品物の種類も豊富になり、なかにはそのころめずらしかったハーモニカを獲得したり、*桜井鷗村《おうそん》の冒険小説のシリーズを全巻揃えてしまった豪傑まであらわれた。一年ちかくたって、さすがにこの遊びの熱もさめかかったころ、たまたま別のことで調べを受けた他校の生徒の口からこのことが発覚した。

寛らはすぐに学校で厳重な取り調べを受けた。同じ小学校の事務係であったかれの父親はすっかり面目をつぶされ、火のようにおこって学校の玄関に立っている寛をなぐりつけた。そして家に帰ってからも、寛をきせるで打ちすえながら、

「万引をしたんじゃ、こいつは、万引を」

といって、くやしそうに母親に報告したという。寛は自分の行為が「万引」という下品な、おそろしい言葉で説明されたことに非常なショックを受けた。

* 桜井鷗村(一八七二―一九二九)。翻訳家、児童文学者。明治三十三年に『世界冒険譚《たん》』十二冊を刊行した。

この事件はのちのちまでたたり、寛が教室でいたずらなどをするたびに先生が、

「お前は、コレをした人間じゃないか」

と、指をまげてみせ、寛をくやしがらせたという。学問のほうでは級の誰にも負けなかったし、また仲間の誰からも人望を集めていただけに、父親や先生からこういった侮蔑《ぶべつ》を受けたことはかれにとって大きな精神的な痛手となった。かれは成人してからもこのことが忘れられず、他人のものには指一本も触れないよう神経を使ったという。

後年大学を出て新聞記者をしていたころのある日、かれは洋品店にはいって手袋を買った。かれはむぞうさに紙包みを破ってそれをポケットに入れた。するとそれを横目で見ていた店員がいきなりかれの前に置いてあったいくつかの手袋を手荒く片づけたうえ、つり銭をもって出て来た小僧に、

「早く品物をしまわなけりゃ駄目じゃないか」

とどなりつけた。寛は古傷にさわられたように感じ、思わずカッとなってしまった。

「何だ! 僕が、手袋を盗ったとでも云うのか。調べてくれ。これは、今買ったんだぞ。見ろ! 見ろ!」

そういって買った手袋を突きつけてみせたという。

さらにその二、三年後、本郷の古本屋で四、五冊の古本をまとめて買ったことがあった。帰る途中ふと見ると買ったつもりのないきたない薄い本が一冊まぎれ込んでいる。本をまとめて持ちあげるときに、あやまって一番下の本を一冊余計に持って来てしまったのであった。かれはすぐもどしに行こうと思ったが、妙に

心がこだわってできなかった。不良少年がするようなことを、無意識のうちにやってしまったからである。帰宅後郵送しようと考えたが、かえって本屋に疑われるように感じられ、それもできなかった。かれは、まさか二、三十銭もしないいきたないその本を盗んだと思われることもあるまいと無理に自分を納得させ、とうとう押し入れの一番底に突っ込むことにした。しかしそれから一月ほどは、その本の存在が気になって仕方がなかったという。

「マイナス」にまつわる以上の話は、小説「盗み」（大一二）にくわしく描かれているが、こうした誰にもありがちな少年時代のあやまちを、一生の教訓として心にいだき続けたところに寛の人間的な誠実さを見る思いがする。

「わいた」と図書館通いの中学時代

明治三十六年、数え年十六歳の春に寛は高等小学校四年を終え、高松中学（現在の高松高校）に入学した。当時の制度では高等小学二年終了後、中学に進学することができたのだが、寛の父親は四年終了まで行かせた。学問の実力では誰にも負けない寛であったから、二年からでも容易に中学に入学できたはずであるが、そうさせてもらえなかったのは、かれを師範学校へ入れようと考えていた父親が、資格の得られる十六歳までの間、できるだけ長く費用のかからぬところにかれを在学させておこうとしたためらしい。寛の次兄はすでに中学に在学中であったから、このうえ寛が中学にはいれば、どんなに家計が逼迫《ひっぱく》するかは目に見えていたのである。

寛はこうして他の進学者にくらべれば二年遅れたことになるが、ともかく新鮮な希望に胸ふくらませて中学の門をくぐった。ところが一年たつかたたぬうちに、そのかれの希望にひや水を浴びせるようなことが起こった。父親から師範学校の試験を受けるようにといわれたのである。家計の窮乏に悩んでいた父親としては、授業料のいらない師範にかれを入れようと考えたのは当然であっただろうし、またわが子の将来を十分考えてのうえであったにちがいない。しかし師範へ行くことは寛の望みではなかった。成績に自信のあるかれは、家計窮乏のことなどよりは、高校、大学のコースに大きな夢をはせていたのである。強情にいやがる寛と父親との間に激しい口論がおこり、寛はあやうく縁側から突き落とされそうになったという。

結局むりやりに試験を受けさせられたのだが、みごとに落第した。しかし、これは学課ができなかったためというよりは、試験場でのかれの傍若無人《ぼうじゃくぶじん》な態度が、謹厳な師範学校の試験官に悪印象を与えたことが原因らしい。この結果は父親には失望をもたらしたが、寛は逆に救われた。引き続き中学で勉強を続けることを許されたからである。もっとも、これは入試に失敗したためばかりではなく、三年にいた次兄がこの年に通算三度目の落第をして退学したので、その分の学資が寛のほうにまわることになったという事情もあった。それにしても、この時かれが師範の入試に合格していたとしたら、はたして大正・昭和の文壇を牛耳《ぎゅうじ》るほどの大作家となっていたであろうか。この入試失敗は寛の遭遇した最初の運命の岐路であったといってさしつかえあるまい。

ところで、この入試失敗の原因となったと考えられるかれの乱暴な態度は、むりやり受験させられたことへの腹いせばかりではなく、中学時代のかれの地の姿であったらしい。成績のほうは三年生まで図画・習字・修身など不得手な学科があったにもかかわらず、総合成績でクラスの五、六番、学年を通しても十番ないし十五、六番といったりっぱなものであった。だから得意の英語、歴史、国語にいたっては誰にも負けない、ずばぬけた点をとっていた。

ところが、これがかれの心に自信過剰を生み、教室で先生を困らせたり、種々の乱暴を働いたりする原因となった。かれの初期の短編に「海鼠《なまこ》」（大七・五、『中学世界』）というのがある。これは、「なまこ」とあだ名され、生徒からいじめられてばかりいるおとなしい先生が、日露戦争に出て、壮烈な戦死を遂げたことがわかったため、軽蔑をふくんだ「なまこ」というあだ名が、一転して勇気ある人物を表わす代名詞になるといった内容のものである。この小説中に、たちのよくない中学生のいたずらが描かれている。暗やみにした化学実験室で先生の頭をいきなりなぐったり、校庭を歩いている先生をねらってわざとボールを投げつけたりするといったことである。こうしたいたずらをつねに率先してやるのが寛の中学時代の生活だったらしい。

この当時の自分を「半自叙伝」の中でかれは次のように語っている。

「そのほか、私はいろ〳〵奇嬌な振舞をした。家にあった朱ぬりの昔の武士が使った乗馬用か何かの大きい湯のみ椀を持っていって、弁当の時間にお茶をのんだりした。乱暴乃至悪戯を私の国では『わいた』と云ったが、私はまさしくよく『わいた』をしたものである。」

したがって先生の間の評判もよいはずがない。寛が四年の時に赴任して来た小木原という体操の教師は寛の家と懇意な人であったが、教員室での寛の評判があまり悪いのにおどろき、

「菊池、お前はもっとおとなしくしないと落第するぞ」

と忠告してくれたほどであった。

ところが、四年の一学期末の成績発表では、順位を五、六番とび越して一挙に首席に進出してしまった。四年から嫌いな図画や習字がなくなり、それだけ平均点があがったのがおもな理由だったが、このことは小木原先生をはじめすべての同級生の耳目をそばだたしめるのに十分であった。

これに気をよくした寛は勉強にもますます精を出した。ことに英語は熱心に勉強した。このころ英語の辞書を一冊暗記してしまったという話が伝わっているほどである。

寛が三年を終えようとする年、明治三十八年の二月に香川県教育会の経営による図書館が高松に開設された。このことは寛の中学時代においてもっとも記念すべき出来事となった。

「私は学生時代、学校に通うよりも半分以上は図書館に通った。いや、作家としての学問の八分までは図書館でした。」（「半自叙伝」）

これは図書館についてのかれの回想であるが、けっして誇張ではない。学生時代のかれは文字通り「図書館の虫」であった。それは貧窮な学生としてのかれの宿命でもあった。そのかれの旺盛な図書館通いが、このときに始まったのである。二月十日に開館と聞くや、寛はまっさきにかけつけ、五銭を投じて閲覧一カ月

巻の第一号を買った。以後、学校と家の途中にあるその図書館に、かれは毎日のように通った。そして、中学を卒業するまでの二年ほどの間に自分の読める歴史や文学関係の本はほとんど読破してしまったという。

「私の文学趣味は、この間に養われた。」(「半自叙伝」)

かれはこういっている。文学についての基礎的な教養を身につけるうえで、この二年間はかれの一生に重要な意味をもったのであった。

ただ、寛は四年生のときにテニスの選手になって一時的に文学から遠ざかり、のちに述べるごとく、中学卒業後も二年ほど文学に接する暇がなかったため、当時の文壇を席巻していた自然主義文学の影響はほとんど受けなかった。このことは寛の作家としての成長をみる場合に注目してよい事実である。寛自身認めているとおり、もしこの時に自然主義の影響を直接受けていたとしたら、それが退潮したあとの大正期の文壇に新境地を開拓し得るような素養をかれが蓄積し得たかどうかは、疑問に思えるからである。

菊池寛の銅像（昭和31年10月、高松市立図書館前に建てられた。）

ところで、こうした読書欲が発表欲にもつながるのは自然の道理である。かれは中学四年生と五年生のときに続けて二つの懸賞作文に入選するという文才を発揮した。最初のは、東京の『讃岐《さぬき》学生会雑誌』の募集した作文に「こんどの日曜」と題して応募したもので、二等に入選した。こんどの日曜に潮干狩に行こうと約束しながら、重い病のため、その日をまたず死んでしまった可憐な妹をしのぶ、という内容で、会話や地の文には硯友社《けんゆうしゃ》＊ふうな技法の模倣もみられる。選者の一人は、「小説めいているので、中学生の作文としては如何《いかが》わしく思われるが、想も筆も中々面白いから捨て難い心持がする」と評したということであるが、応募作品中の異色であったことは想像にかたくない。

もう一つの入選は、『日本新聞』が明治四十年に東京で開かれた博覧会を記念して募集した「博覧会」という題の懸賞作文である。入選したかれは、全国からの入選者たちとともに東京見物に招待され、博覧会のほか帝国大学、慶応大学、早稲田大学を参観したり、めずらしい西洋料理を味わったりした。寛にとっては生まれて初めて見る東京であった。同じ入選者の一人で、寛と行をともにした村田四郎は、このときの寛の印象を次のように伝えている。

「上野の桜木町の旅舎に集った三十名計りの入選者の中に物臭らしいズングリとした醜男で、どう最気目《ひいきめ》に見ても、あれで文章が書けるのは不思議なくらいに思わせる人物が居た。その上に一層印象づけることは白いズボンには一面に赤土のトバッチリをつけて、黒い外套を着た何物にもこだわらぬような特異な風采であった。（文芸春秋社刊『菊池寛文学全集』第九巻月報）

＊　硯友社。尾崎紅葉を中心につくられた文学結社の名。明治二十年代から三十年代前半にかけての文壇で、大きな勢力をもっていた。

二、青春放浪時代

高等師範に推薦入学

中学最後の夏休みが過ぎ、卒業期が近づくにつれ、寛は一つの悩みにつき当たった。それは中学を出たあとどうするかということであった。高校から大学へ進みたいのはやまやまだったが、家に学資のないことはわかり切っていた。

ところが秋になって、東京の高等師範学校が推薦入学の制度を採用することを発表した。それは各師範学校や中学校の優等生を校長の推薦により、無試験で入学させるという制度である。高等師範は授業料がいらないうえ、学資給与の特典もある。学校としては気に入らないが、家から学費を出してもらえるあてのない寛にとっては、結構な条件だった。さっそく学校を通して応募してみると、難なく入学を許された。

正式な合格通知をもらったのは卒業を目前に控えた明治四十一年の一月であったが、ちょうどこのころある家から寛に養子の申し込みがあった。それには高等学校から大学まで進ませてやってもよいという、願ってもない条件がついていた。物に拘泥《こうでい》せぬ性格の寛は一にも二にも養子入りを希望したが、父親は反対した。旧藩に仕えた儒家としての誇りを捨てられぬ父親は、家名の再興を心中ひそかに寛に託していたらしい。寛にはあくまで菊池姓を名乗らせておきたかったのである。

父親が反対したばかりでなく、二人の兄も不賛成だったため、寛は結局この養子の口はあきらめるよりほかなかった。

同じころ寛はもう一つ意外な話を父親から聞かされた。それは寛の成績のいいのを見込んだある級友の父親から、自分の息子ともども、寛が大学を出るまでの面倒を見てやってもよいという申し出が、一年ほど前にあったという事実であった。寛は、この話を聞き大いに残念がったが、もうあとの祭りであった。

こうして、ほの見えた別な人生への岐路に後髪をひかれる思いを残しながら、寛は、明治四十一年の三月に上京し、翌四月高等師範に入学した。寛が二十一歳のときである。前年『日本新聞』の懸賞作文に入選して東京見物をしているから、正確にはこれが二度目の上京である。しかし、いなか者であることに変わりはなく、見る物聞く物めずらしくないはずはなかった。ところが寛は通り一ぺんの名所や名物にはほとんど興味を示さなかった。着京の翌日、まっ先に見物したのは上野図書館であった。かれはその無尽蔵な蔵書を見て驚嘆の声を発した。

「私は東京の何物にも感心しなかったが、図書館にだけは、十分驚きまた十分満足し、これさえあればと思った。」(「半自叙伝」)

郷里の高松図書館で芽をふいたかれの盛んな読書欲は、ここでさらに別な土壌を得て、いっそうその枝葉を広げて行くことになったのである。この日をはじめとしてかれは熱心にこの図書館に通い出し、歴史や

高松中学卒業当時の寛

文学関係、とくに徳川時代の雑書の類は手当たり次第に乱読した。小説類も、現代物より歴史小説を好んだらしく、*塚原渋柿園《つかはらじゅうしえん》・**松居松葉《しょうよう》といった人たちの作品をあさったという。

東京でかれが示したもう一つの関心は芝居であった。幼時から芝居好きの母親の感化をうけ、高松図書館時代からすでに各種の芝居についての書物を読みあさっていたかれは、上京すると一週間もたたぬうちに芝居見物に出かけて行った。このときに見たのは東京座の文士劇であったというが、これを皮切りにかれの頻繁な芝居通いが始まり、のちの一高時代までそれが続く。高師時代にも学校を休んで芝居を見に行くことがしばしばであった。

高等師範は、寄宿舎とともに、もとお茶の水にあったのだが、寛の入学した当時には学校だけが大塚の茗《みょう》荷《が》谷《だに》に移転しており、旧校舎は付属中学になっていた。したがって、お茶の水のほうは高師の寄宿舎と付属中学とが同居という形になっていたのである。寛は着京後、とりあえず置いてもらった麻布の従兄夫婦の家から、しばらくの間学校に通っていたが、まもなくこの寄宿舎に移った。寄宿舎とは目と鼻の先にある付属中学は都会の名門の子弟を集めた学校で、生徒たちの服装や振舞いはおしなべて洗練された、スマートなものだった。

* 塚原渋柿園（一八四八―一九一七）。小説家。はじめ西洋の翻案物や社会小説に筆をふるったが、のち歴史小説を書いて人気を集め、後代の大衆作家に多大の影響を与えた。

** 松居松葉（一八七〇―一九三三）。大正十三年からは松翁と号した。劇作家。明治後期から大正期にかけ、主として商業演劇のために多数の創作、翻訳、翻案劇を書くかたわら、演出家としても活躍した。

これに反して高師の寄宿生は全国から集まった秀才であるから、頭脳の点ではけっして劣るところはなかったが、風采《ふうさい》の点では雲泥《うんでい》の相違があった。そのため付属中学の生徒たちは、かれらを称して「ヨボヨボ」と呼んでいたという。なかでもその呼び名にふさわしい恰好をしていたのが寛であった。

高等師範を追われる

寛にとって、高等師範はもともと気乗りのしないままにはいってしまった学校である。しかも将来の教師を養成する学校であるから、すべてに厳格である。これが寛の性格に合わなかった。それに加えて、寛はこの当時軽い憂鬱性に悩まされていたらしい。肺病にでもかかったような気がして、やけ気味なところがあったという。そのくわしい原因はわからないが、おそらく青春期に特有の一種の鬱積した心の悩みであったのだろう。あるいは、性格やからだつきの似ている次兄が、中学を退学後、病気がちで、ぶらぶらしていたことが、かれの心にある種の心理的な圧迫感を与えていたのかもしれない。

こうした不満や自棄とが心の底にあったため、かれは学課や教師を尊敬することができず、もともと放縦だったかれの行動がますます乱暴に、わがままになって行った。規律を守る高師の学生の間ではそれがよけいにきわだった。それも予科で、お茶の水の寄宿舎にいるときはまだよかったが、本科になって大塚のほうに移った二年目からますます悪化した。学校の教科書などはほとんど買わなかった。教室ではしょっちゅう隣の学生に机を寄せて見せてもらっていたという。それだけでも教師の顰蹙《ひんしゅく》を買うのに十分だったが、そのほか、左団次という役者をひいきにしていたかれは、よく学校を抜け出しては芝居の大入場で半日をすごすというようなことをしていた。学校当局からは学生が芝居を見ること自体、何か罪悪であるかのように見なされていた時代であるから、このようなかれの行為は言語道断なことであった。

この当時の自分の行動を、かれは「従妹」（大一二）という短編の中で「羊の中に狂犬が交《まじ》ったように、大人《おとな》しい生徒の中で、私一人わが儘《まま》一杯に振舞っていた」と説明している。級友や教授たちの再三の忠告、訓戒も柳に風と受け流していたらしい。

在学二年目、明治四十二年の暑中休暇に郷里の高松に帰省していた寛は、東京高等師範から除名の通知を受けた。放縦な行動がつもりつもって学校当局の忌諱《きい》に触れたためであったが、とくに次の二つの事件は除名の直接の原因になったらしい。一つは、教授たちも出席したあるクラス会で、かれが個人主義を主張する演説をしたことである。現在から見れば不思議と思えるが、穏健で保守的なそのころの高等師範では、個人主義は当時の官憲にのろわれていた社会主義に次ぐほどの危険思想と見なされていたのである。かれの演説は教授たちを当惑させ、満座の空気を白けさせてしまったという。

もう一つは、寄宿舎の舎監を兼ねている峰岸という教授の授業をぬけ出してテニスに熱中しているところを当の教授に見つかり、愛想をつかされたことである。それは、かれが二年生になった春の終わりであった。教室に出たかれは、ノートを忘れて来たのに気づき、寄宿舎へ取りに帰ろうとした。すると寄宿舎のそばの新緑に囲まれたコートで顔見知りの連中がテニスをしている。かれは、うららかな晩春の陽光に眩惑《げんわく》され、ついフラフラとテニスの仲間に加わってしまった。およそ二時間ほどテニスに熱中していると、いつの間にか峰岸教授がコートのかたわらに立って寛をにらんでいた。のんきなかれはなぜにらまれたのかわからなかったが、その晩舎監室に呼ばれて詰問され、はじめて講義を休んだことに気がついた。かれは、「頭が痛くて休んだが、テニスをすればなおると思った」と屁《へ》理窟をいったが、これには教授もあきれてしまったらしい。除名の通知はこの後間もなく帰省したかれを追いかけるように届いたのである。

しかし、除名の直接の理由はともかく、かれのような放縦な性格の持ち主が、規律のきびしい学校に、しかたなしにはいったこと自体が、こうした結果を生むそもそもの原因であったことは争われない。だから、このことについては寛も淡々とした態度で次のように言っている。

「私は……高師を除名になったが、全然自分の方がわるいのであるから、学校に対して恨みを含むようなことはなかった。それに、私のしたことなども、未だ思慮定まらざる頃の出来事なので、小説に書きようもないので、この時代のことは、未だ曽て題材にしたことがない。」（「半自叙伝」）

とはいうものの、今後のことなどを考えるとさすがに悲観した。父や兄たちにたいしては、きらいな学校へ無理に行かせるからこんな結果になったのだと強がりを言ってみせたが、内心はかなり動揺した。授業料が免除とはいっても、足かけ二年の間にはかなりの学費を苦しい家計の間から送金してもらっていた。それが一切フイになってしまったのである。しかし、こんな場合にも父や兄は正面からかれを叱責するようなことはしなかった。ただ、除名通知をもらった数日後、次兄と将棋をさしていた長兄に、かれが横から口を出すと、長兄は「お前が助言すると、その手が指せなくなるじゃないか」といって怒り、かれの手をはげしく打ったという。

「このことなど長兄の私に対する心の鬱憤を晴したものだろうと思った」(「半自叙伝」)

寛はこう語っている。かれの秀才ぶりに期待をかけていただけに、内心は家人の誰もが、こうしたかれの失敗をはがゆく感じたのであろう。かれは新しい人生の方針を立てなおす必要に迫られた。

文学をこころざす

寛の立てた新しい方針は、家計窮乏という制約を考慮し、なるべく短日月の間に身を立てることであった。その手段としてかれは法律を学び、弁護士か司法官の試験を受けようと考えた。といっても法律に興味があったわけではない。手っとりばやく身を立てるための手段であった。自分の学力や才能に自信をもっていたから、二、三年勉強すればやすやすと合格できると計算したのである。しかし、そうするにしてもその間の学資が問題であった。

そこへ、かれの学費の面倒を見てやってもよいという老人が現われた。この人は、寛の伯母《おば》にあたる人が四十近くになって結婚した相手で、当時五十をすこし越えたぐらいの老人であった。このときの事情は小説「従妹」に、次のように描かれている。

「私が秀才だと云うことは、私の家の親類の間では、迷信に近いほど信用されていたので、この金貸しでもしそうな吝嗇《けち》な老人が私の学資を出して置けば、五年もすれば、十倍になって帰って来るように考えたらしい。私が将来、この老人の養子になるという条件で、私はこの老人から学資を得ることになった。私は学資を得ることさえ出来れば、それが盗人《ぬすびと》の懐《ふところ》から出ていようと、介意《かまわ》ないと云ったような気でいた。」

寛はみずからを「matter-of-fact*な人間」と評しているが、学資が得られるなら、それがたとえ「盗人の懐から出ていようとかまわない」などというところに、いかにも実利主義者らしいかれの考えが表わされている。

こんどの養子の件については父も兄たちも反対しなかった。以前かれを養子にやるのに反対したことを、今となってはいくらか悔やむところがあったためもある。こうして夏休み明けの九月から寛はまた東京にでて法律を学ぶことになったのだが、今度の上京はあまり士気があがらなかった。クラスでの最初の官立専門学校入学者という名誉をになった前回の上京は、先生や級友のはなばなしい見送りを受けたのだが、今度はその学校を除名されたあとだから誰にも知らせず、逃げるように故郷をあとにするほかなかったのである。

そのかれのしめり勝ちな気持ちを救ってくれたのは、その春女学校を出たばかりの従妹《いとこ》であった。彼女はかれの妹と同年で、幼いときからかれの家と行き来していた関係もあって、かれのあわい初恋の対象となった人でもあった。その彼女が、婚期を迎え、東京の兄夫婦の家に家事見習いに行くことになり、寛は東京まで同行することを委嘱されたのである。失意のかれの旅にとって若い異性との同道は願ってもない幸福な、刺激的な慰めであった。かれは西洋の騎士になったような気持ちでかいがいしく彼女の世話をやいた。神戸で乗り換える時には、緊張のあまり切符売場にあやうく財布を忘れてしまうところだったという。しかし

* 「実際どおりの、平凡な」といった意味の形容詞。ここでは物事にこだわらず、現実に即して行動するタイプの人間を指す。

新橋駅で出迎えてくれた従兄の夫人がかれにたいしてみせた素振りは以前と違って妙によそよそしかった。高師を除名されたかれを不良学生と勘ちがいしてしまっていたのである。無理からぬことであったが、寛はそのため従妹の兄に顔を合わせるのが億劫《おっくう》になり、止められるのを振り切ってそのまま小石川武島町の下宿へ向かった。

その九月に寛は郷里で立てた予定に従って明治大学の法科に入学し、法律の勉強をはじめた。当時の明大の法科には仁井田《にいだ》益太郎《ますたろう》・小林丑《うし》三郎・牧野英一といった著名な博士がいたが、寛はこれらの博士の名講義をきいて感心した。ところが法律そのものがもともとかれにとって興味のない学問であったため、三か月もたたないうちにすっかり熱意を失い、その年の暮れには学校にも出なくなってしまった。

かわって寛の心を満たしたのは文学であった。かれが少年時代から文才を発揮し、読書によって文学趣味を身につけていたことはすでに述べた。しかし高師の学生から明大法科生となったこのころまでの前後二、三年間は、そうした文学趣味を、はっきりとした文学志望の形にまで発展させる余裕の持てない状態にあった。かれの文学にたいする憧憬《しょうけい》は、そのためにかえっていっそう根強くかれの心の底にくい入る結果になったとも考えられる。ともかく、さきには教職が性に合わないことを悟り、いままた法律家も天職にあらずと判断したかれの心の中で、それまでくすぶり続けていた文学への野望が一気に燃え広がったのは、むしろ自然な成り行きであった。

この年、すなわち明治四十二年の十二月の日付で、かれは次のような意味の覚え書きをノートに書きつけた。

「一高文科を受け大学に行くこと、最初翻訳をやり、それに依って、文壇に名を成して行くこと。」(「半自叙伝」)

この決意はかれの一生涯の運命を決定した。このときかれは数え年二十二歳であった。かれは志望を変えても学資は当然老人が出してくれると思い込んでいたから、ためらうことなく明治をよすと、翌年の一月から正則英語学校の夜学に通い、一高の受験準備に着手した。昼はもっぱら上野図書館や麹町の大橋図書館で過ごした。当時の高等学校の入学期は九月であったから、まだ十分な準備期間があったのである。ちょうどこのころ寛の養父が上京し、かれの下宿で同居をはじめた。吝嗇家《りんしょくか》の老人は、同居すればそれだけ生活費が節約できると考えたのである。老人はまだ寛が志望を変更したことを知らずにいた。

養父から離縁される

寛が一高の入試準備にとりかかった明治四十三年は、かれが数え年二十三歳になった年である。満でいえば二十一歳、徴兵検査を受けて兵役につく年である。一高に行くためにはこの兵役から免れる必要があった。そこで、かれは徴兵猶予のきく早稲田大学を選び、四月からその文科に籍を置いた。万一、一高の入試に失敗した場合もそのまま続けられるようにと考えたのである。

ところが、ようやくかれが初めの志望を変えて、六年もかかる高校、大学を目ざしていることを知った養父は、自分の目算がすっかりはずれてしまったことに落胆し、たちまち離縁を申し出て来た。寛はそんな老人を気の毒に思う一方、学費の道を断たれて途方に暮れた。しかし一度決めた方針をいまさら変更するつもりは毛頭なかった。事情を知った郷里の父や長兄も内心当惑したにちがいないが、意外にも寛の方針に賛成してくれた。

「こうして、学資が無くなって見ると、私は自分の家を頼るよりほかなかった。父や長兄が、一高から大学までの学資などの事を考えると、一高入学に断然反対すべき筈なのであるが、私の家はのんきで人生の大事については、あまり考えない方なので、漫然と私の一高入学に賛成して来たのである。彼等は一高へ入れば、どうと云うことも分らず、ただ良い学校へ入ると云うこと位しか考えないし、また私と云うものに対しての信頼は、信仰に近いのであるから、家になんの資力がないのにも拘らずたゞ漫然と、私の一高へ行くことに賛成したのであろう。」(「半自叙伝」)

寛はこう言っている。こうして、かれは残された数か月間を早稲田に通い、入試にそなえた。

当時の早稲田には有名な坪内逍遙《しょうよう》博士がいたが、かれはその講義を聞く機会がなく、校庭を歩いている白髪の姿を一、二度見かけただけだったという。教授陣には五十嵐力、片上伸(天弦)といった有名な学者がいたが、英語に自信のあるかれはあるとき片上教授の時間に、自分でちゃんとわかっているのにわざと意地悪くto enter と to enter into の区別を質問してみたところ、ひどくおこられたという。このころになってもまだ中学時代のわいた癖《くせ》が抜け切れなかったらしい。

早稲田時代のことで寛にとって忘れることができないのは、そこの図書館で『西鶴全集』を読んだことであった。かれは少年時代から硯友社の作家たちなどからの影響で西鶴につよい興味を持っていたらしい。しかしほとんど発売禁止であったため長い間『西鶴文粋』などの抄本で我慢しなければならなかった。かれのよく通った上野図書館にも『西鶴全集』はあったのだが、閲覧禁止同然で、かれとしては空しく垂涎《すいえん》するよりほかなかったのである。その『西鶴全集』を早稲田の図書館に発見したときのかれの喜びは並み大抵ではなかった。

「……さすがに、文科を尊重する早稲田なるかなと、感嘆したほどだった。僕は、初めて西鶴の好色本を読み、とりわけ男色大鑑に随喜の涙をこぼした。此の頃僕は、ずーっと、グライヒゲシュレヒトリヒ*になっていたから、特に感激したのだろう。（後略）」（「半自叙伝」）

かれはそのときの感激をこう語っている。この西鶴は寛が一生を通じて愛読するところとなった。西鶴の作品に見られる簡潔な構成や、写実的な文体、あるいは冷静な人生態度といったものはのちの寛の作品にも直接、間接の影響を与えている。

こうして夏休みに入り、寛はいよいよ一高の入学試験を受ける時期を迎えた。自信はあったが、合格とわかるまではやはり不安であった。官報を見て合格を知ったのは三崎町のミルクホールであった。入学後にわかったことだが、かれの成績は百何十人の合格者中三、四番というりっぱなものであった。さすがに寛はとび立つように喜び、すぐ郷里へ向かって発《た》ったが、途中の東海道線の車中では、得意な気持ちを押え切れず、

* グライヒゲシュレヒトリヒ（gleichgeschlechtlich）。ドイツ語。「同性にたいする」「同性愛的な」の意。

デッキに立って大声で歌をうたったりした。家計のほうがこれによってますます窮迫するであろうことは寛にも痛いくらいわかっていたのだが、志望のかなえられた喜びはそれをはるかに上回っていたのである。

明治四十三年九月、寛は一高の文科に入学した。高等小学校を二年よけいにやり、中学卒業後の二年もまた棒に振っているから、合計四年ほど普通の進学者より遅れていた。寄宿先は東寮に決まった。同級生たちの中には、数年後の文壇にはなばなしく登場した芥川龍之介をはじめ、久米正雄・恒藤恭(当時は井川姓)・佐野文夫・松岡譲・成瀬正一それに落第組の土屋文明・山本有三などがいた。このうち芥川は東京府立第三中学校（現在の両国高校）から、久米は福島県安積《あさか》中学校（現在の安積高校）から、それぞれ当時できた推薦制度により無試験で入学して来た秀才であった。恒藤は試験入学者のうちの首席であったという。いずれにしても後年第三次・四次の『新思潮』を足場に次々に文壇に頭角をあらわした若き逸材がここにそろっていたのである。こうした多彩な級友を得たことは寛にとってきわめて幸運なことであった。

文壇ではさしもの猛威を振った自然主義もようやく一段落し、前年の一月には森鷗外のひきいる『スバル』が、またこの年の四月には、武者小路実篤らによる『白樺』が、さらにまた九月には谷崎潤一郎らによる第二次『新思潮』が相次いで発刊され、新しい文学への胎動がにわかに活発になっていた。社会的にも、この年の五月に起こった幸徳事件は民心に異常な衝撃を与え、明治時代はすでに実質的な終わりを迎えていた。

一高の「享楽生活」

当時の一高はバンカラな気風があるので有名だったが、寛の持ち前の粗野な態度や風貌はその気風にぴったり合った。寛は入学そうそう久米らと結成した野球チームの一塁手となって活躍したが、グローブなどは使わず、はいているあんどんばかまを広げて球を受けとめるといった原始的なものであった。

当時の芥川はいかにも都会育ちらしい弱々とした色白の少年で、入学当初から超然と原書などをかかえて教室に出入りし、佐野文夫と親しくしていたという。佐野も芥川に似て天才的な頭脳をもった美男子であったが、双方の才気が反発し合ったためか、まもなく二人は離れた。以後芥川は恒藤（井川）と、佐野は寛と、それぞれ親しくなって行った。寮は一年生の間は各科雑居であったが、二年になると文科生は文科生で一室に集まるようになった。寛の移った部屋は南寮八番で、佐野をはじめ、久米、松岡、成瀬などが同室人になった。

佐野はショーペンハウエル*やスピノザ**などの本を持ち歩いては瞑想するといった哲学肌であったが、その言動は極度に高慢で、時には狂的でさえあったという。しかし、それを佐野の天才のせいにしていた寛は、ほとんど崇拝に近い尊敬を払っていた。江口渙によればこの二人の間には同性愛的な傾向もあったという。

松岡と久米はともに陽気な性格の持ち主であった。とくに久米は、成績のほうこそあまり振わなかったが、

* ショーペンハウエル（Arthur Schopenhauer 一七八八―一八六〇）。ドイツの哲学者。
** スピノザ（Baruch de Spinoza 一六三二―七七）。オランダの哲学者。

入学当時母校の野球のユニフォームを着て教室に出たり、ドイツ語の時間に古い鉄砲のことを「種子《たね》ガ島」と訳したりして皆の人気を集めていた。成瀬はもともと法科志望だったのだが、寛の感化を受けて二年から文科に移って来たのである。

寛はこういった友人たちと、やがて「一高式の元気と、文芸的ボヘミアニズム*とが一緒になった」（「半自叙伝」）放縦無頼な生活を送りはじめた。当時永井荷風や上田敏の作品が巻き起こしていた享楽主義的な文芸思潮にあこがれをいだいていたかれらは、これを「享楽生活」と称した。といってもこづかい銭のとぼしいかれらにできることといえば、せいぜいおでんやカツレツを食べ歩いたり、浅草の活動写真や芝居の立見に行くといったたわいのないことだったが、この結果、月の十日過ぎや学期末には金を持っている者などほとんどいない有様であった。しかも金がなくなると、教科書や辞書を手あたり次第に質入れして共同資金にしてしまうから、部屋の中に何も残っていないことさえしばしばであった。

北寮三番にはいった芥川などは、こうした寛たちの行動をあまり快く思わなかったらしい。寛もまた芥川の温雅な気取り方には軽い反感をいだいていたという。時には芥川から原書を借りたりしたこともあったらしいが、性格的に相反する点があって、二人の間にはまだ親交は生まれなかった。

当時の寛は家の苦しい経済から月々十二円の仕送りを受け、その中から七円の寮費を払っていたから、残りの五円が他の学費にあてられるはずであった。学校中で最低に近い学費ではあったが、おとなしくしてさ

＊ボヘミアニズム（bohemianism）　俗世間のしきたりやおきてにとらわれない放縦主義。

えいればまかない切れないこともなかった。しかし、「享楽生活」を率先して実行したうえ、上京以来熱心な芝居ファンになっていたから、市村座や歌舞伎座の大入場へ通っては、とぼしい財布の底を惜しげもなくはたいてしまった。したがって寛の貧乏ぶりは誰よりも徹底していた。制服などは持っておらず、下駄も入学以来一度も買わなかった。近くの下駄箱にあるのを適当にはいていれば事足りたのである。教科書もほとんど買わず、試験のときだけ他人からノートを借りてすませていた。

一高の生活はこうして一見でたらめとも思えるほど放埒《ほうらつ》であったが、一面それはかれらの洗練された教養や才気、あるいは哲学的瞑想といった知的な雰囲気につつまれたものであった。かれらはたがいに啓発し、刺激し合って内面の生活を充実させていた。寛の文学的成長にとっても当然重要な準備期間となった。演劇に関心をもつ寛はこうした「享楽生活」の合い間を縫って上野図書館に通い、『演劇画報』の合本を通読し、級中一の演劇通となった。かれの興味は西洋の近代劇にも及び、二年のときには『校友会雑誌』にバーナード＝ショウについての論文を発表している。英語が得意であったかれは、このほか当時もてはやされたオスカー＝ワイルドのものなどを熱心に読んだらしい。

一年生のときには芥川などが口にする「新思潮」について何も知らなかった寛も、二年になったころ、第二次の同

一高在学時代の寛

人のなかから谷崎潤一郎や木下杢太郎《もくたろう》がさっそうと文壇に打って出たのに目を見張った。既成の文壇を支配していた重苦しい、平板な自然主義文学を嫌悪《けんお》し、新文学を待望していた若い知的な文科生の心に、こうした身近な先輩たちのめざましい進出は大きな刺激であったにちがいない。しかし、かれらの文学にたいする野心も多くは「享楽生活」の中で実行され、寛も、また芥川をはじめとする級友の誰も、まだ創作を発表するまでには至らなかった。ひとり才人の久米が『東京日日新聞』で募集した高浜虚子の「朝鮮」の批評に入選して気をはいていた程度であった。三年生になった前後から寛はようやく芥川と親しくなりはじめた。

友の罪を着て一高を退学

卒業を三か月後に控えた大正二年の四月のはじめ、寛は自分の運命を大きく狂わせるような重大な事件に巻き込まれた。発端は一着のマントであった。その日、寛は佐野文夫と二人で寮にいた。一文なしの二人はあれこれ金の算段をしていたが、ふと佐野が数日前黒田という同郷の先輩から借りてそのままにしていたマントをさし、それを質入れしようと提案した。乱暴な話ではあるが、ふだんから、拾ってきた辞書を売って金にしたり、自分の蒲団を白昼、質入れに行ったりしていたかれらにとっては格別めずらしい話でもなかった。寛は黒田が佐野の親しい先輩であることを知っていたから、たちまちその提案に賛成し、自分から質屋に出かけて行って金にかえて来た。

ところがちょうどこのころ北寮の一年生の部屋からマント盗難の届けが出されており、その調査が進められていたのである。そこへ寛がふだんまるで着たこともないマントを着て校門を出、しかも手ぶらで帰って来たのを目撃されたものだからたちまち疑われた。むろん質屋も調べられていた。その日の夕刻、寛は不意に寮務室に呼ばれ、生徒監と、大沼という体操教師の二人からマントの入手先を詰問された。寛は言下に佐野が黒田から借りたものだと主張した。二日ほど前、佐野は以前から交際していた独文の倉田百三の妹と会うために、同室の佐藤という学生からマントを借りようとした。しかしそれは丈《たけ》が長すぎて、おしゃれなかれの気に入らず、別にどこからともなく恰好なマントを手に入れて来たのであった。それが黒田から借りたものだと寛は聞いていたから、佐野が来て証言してくれればすぐ疑いは晴れると思っていた。

そこで佐野が呼ばれることになったのだが、幸か不幸か上京中の郷里の人たちと外出中で、何時間待っても帰って来ない。とうとう寛は十一時過ぎまで二人の教師とにらみ合っていた。ところが先生の話を聞いているうちに問題のマントが北寮で盗まれたものにほぼ間違いないことがわかって来た。しばしば常軌を逸した行動に走る佐野のことである。北寮の文科の部屋に行ったが、誰もいないので隣の一年生の部屋から無断でマントを持って来てしまったという可能性は確かに考えられた。それでも、寛にたいする嫌疑が晴れることには変わりない。しかし、そうなるとこんどは親友としての佐野を救ってやりたいという同情の念が強く起こった。

この晩もし佐野が早く帰って来ていれば、ただちに佐野が犯人とわかり、寛は無罪放免となって事件は簡単に落着するはずであった。が、佐野の帰りの遅かったことが寛の運命を狂わせてしまった。寛は佐野が寮務室へ呼ばれる前に、何とかして佐野に会い、真相を確かめ、そして対策を講じたいと思った。しかし、尋常な理由では寮務室を出ることは許されそうもなかった。かれはひとまず自分が犯人であることにして出ようと決心したが、同時に犯人が一高名物の鉄拳制裁を受けねばならぬかどうか気がかりだったので、それを大沼先生に聞いてみた。すると先生は、当人が学校をやめさえすればその制裁を受ける必要はないという。

「そうですか、じゃとにかく僕がしたことにしましょう。」

寛はそう言ってしまった。この言い方に二人の先生は非常に憤慨したというが、かれとしてもそれ以外の言い方を知らなかったであろう。

寛はその夜十二時過ぎになって、やっと帰って来た佐野を学校前の電車の停留所で迎えると、さっそく真相を問いただしてみた。すると佐野はみるみる顔色を変え、「どうしよう、どうしよう」といったままオイオイと泣きくずれてしまった。佐野は秀才であったが、一面、子どものようにたわいないところもあった。かれは泣く泣く、郷里で文教関係の要職にある父親の手前、また模範学生として郷党の信望をになっている手前、このようなことがわかれば、自分の名誉ばかりでなく、父親も安穏としてその職にはいられないといった事情を寛に訴えるのであった。

そういう佐野に、寛は寮務室へ行って自分の冤《えん》罪をそそいでもらうことを頼みそびれてしまった。それどころか、逆に一人の弱者を救おうという向こう見ずな義侠心のとりこになってしまったのである。「一人の秀才を救うためだ。俺は犠牲になってもいい。」こう思ったかれはみずから進んで学校を出る決心をした。

「私は、高等師範を青年客気の情熱の赴くままに、行動して出されたが一高もやはりそうであった。しかも、なけなしの学資、借金をして送ってくれる毎月の学資を使いながら、私は真面目な学問一方の学生にはなれないのだった。こう云うことを考えると、私は今でこそ理知的であるとか悧巧者だとか云われているが、私のどこかに情熱的な出鱈目なところがあるのである。」（「半自叙伝」）

のちに寛はこう述懐している。

血のにじむような家からの学費にささえられて過ごした一高での三年近くの年月が、またまた無に帰するばかりか、こんどは窃盗《せっとう》という汚名まで着せられてしまったのである。このままことが済んでしまったなら、寛はどうなっていたかわからない。しかし、この危機を級友の成瀬正一とその家族が救ってくれた。成瀬は寛の退学の事情など一切語らず、「菊池は学資がないためによした」とだけいって父親の助けを求めた。寛とは同郷の香川県木田郡出身で、当時十五銀行の副頭取、横浜正金銀行の重役であった父親成瀬正恭は快く息子の願いを聞き入れ、寛を自宅に寄食させたうえ、将来の学資の面倒もみてくれるという約束をしてくれたのである。寛にとって、この成瀬一家は一生の恩人となった。

生活の保証を得て気をとり直した寛は、高等学校を卒業していなくても資格のある大学の選科に進もうと計画した。

三、作家修業時代

京都大学に進む

一高退学後寄食させてもらった成瀬家にあって、寛が困ったのは、成瀬の父親が、寛が学費がないだけでよしたのならすぐに復学できるはずだという疑問をいだいたことであった。しかし、息子の正一がうまくつくろってくれたので、善良な父親はそれ以上疑うことをしなかった。しかしその正一にしても、他の級友たちにしても、マント事件に関しては釈然としないものをもっていた。なかでも長崎という純情な青年は寛を尋ねて来て熱心に事情を知ろうとした。誰にも打ち明けないつもりだった寛もこの男にだけは事の真相を話してしまった。すっかり興奮した長崎は、寛の意志を無視して、新渡《にと》戸《べ》稲造《いなぞう》校長に訴え出たため、事件の真相はたちまち一高の当事者にも知れるところとなった。

こうした事情から、一高では再調査を行なうことになり、寛はふたたび学校に呼び出された。しかし男らしく筋を通そうとする寛は、頑として前言を翻そうとしなかった。じつはこのとき学校のほうでは寛が無罪を主張してさえくれれば、寛の復学も許し、佐野の罪も不問に付すという手筈がついていたのだという。そんなこととは知らぬ寛は、血気のおもむくままついに復学の機会を逸してしまったのである。しかし寛のとったこのりっぱな態度は多くの当事者に感銘を与えた。とくに校長の新渡戸博士は、「一高の入学を志願した感心な前科者」と題する文章を五月号の『実業之日本』に寄せ、それとなく寛の態度を賞賛してくれた。博士はこの年の四月、七年間在職した一高校長を辞し、大学専任となったばかりであった。右の文章は、「在職中もっとも感銘を受けた話」という、マント事件とは関係のない、仮空の話であるが、実際上は寛の立場を弁護する目的で書かれたのである。

こうして寛は一高を退学し、佐野はそのまま学校にとどまったが、その後の二人の運命は大きく逆転した。先天的に盗癖のあった佐野は、大学二年のとき研究室の書籍を盗み出すという事件を起こして退学となり、その後は初期の日本共産党の中心人物となって働いていたが、昭和三年三月十五日の共産党弾圧に会って転向、のち病を得て早逝してしまった。これにたいして寛は、大正二年九月に京都大学英文科の選科に入学し、翌年一高の卒業試験検定を受けたが、学校当局から好意を持たれていたこともあって難なくパスし、それによって京都大学の本科生となり、無事大学を卒業することになった。

もっとも寛は最初東大の選科にはいろうとしたらしい。それが実現されなかったのは、「半自叙伝」によれば、佐野の保証人であった東大の文科の学長の上田万年博士から佐野の悪友視され、入学を拒《こば》まれたためとなっている。しかし、一説によると上田博士自身、寛の態度のりっぱなのに感心し、東大に籍を置けるよう奔走したが、果たせず、京都大学へ行くことになったのだともいわれている。いずれが真相かはわからないが、京都に行ったことは結果的には寛のためになった。

「僕は京都大学に行ったため、東京にいられたよりも二倍か三倍位多くの本を読むことができたと思う。」

〔「半自叙伝」〕

かれはこういっている。一高時代には文学は何事にも優先する神聖な話題であったが、この京都大学の英文科は文学的にはまったくのいなかであった。あからさまな競争心さえ燃やしながら、文学や文壇を論じ合った芥川や久米のような学生はひとりとして見当たらなかった。語るべき友のいない寛は、ひとり取り残されたような淋しさを味わわなければならなかったのである。しかも選科生であった最初の一年はことごとに本科生と区別され、いい知れぬ屈辱感を味わった。そういった孤独感をまぎらすため、かれは研究室や図書館に入りびたって、内外の書物を読みあさったのである。

ところで寛は京大入学前後から雑誌や新聞などへさかんに投稿するようになった。その直接の動機は金であった。かれが一高を退学し、前途に何のあてもないまま暗澹《あんたん》とした気持ちで過ごしていたころ、『二六新聞』が新刊書の批評を一般から募集していた。寛は賞金を目あてにこれに応募し、二度にわたって当選した。最初のは『国民文庫』の批評であったが、これに収められている江戸時代の文芸書の類はかれの得意の領域であった。賞品として『国民文庫』全巻をもらった。その次は桜井忠温*の『銃後』の批評で、これも一等に当選し、賞金十円を得た。当時としてはかなりの金額である。

つづいてかれは『万朝報《よろずちょうほう》』で募集した懸賞小説に、たぶんかれとしては初めての小説を、「禁断の果実《このみ》」と題して応募し、当選した。これを書いたのは京都大学入学を目前にした八月ごろのことであったらしい。

* 桜井忠温（一八七九―一九六五）。陸軍軍人であったが、日露戦争で負傷したのちは、小説・随筆・評論などの面で活躍した。『肉弾』の著者。

新聞で当選を知ったのはその二ヵ月後、もう応募したことなど忘れかけていた十月のはじめのある日の昼近くであった。寛はこれによって賞金十円をもらえることを知った。かれはちょうどその前日、京都公演に来た公衆劇団の芝居を見に行き、成瀬家から送ってもらったばかりのひと月分の学費六円あまりをそっくりスリにやられ、朝食もとらずにしょげ返っていた時であったから、そのうれしさは一通りではなかった。不運のどん底から一転して幸運をつかむといった、このようなかれの不思議なめぐり合わせには、何か神の摂理といったものが働いているようにさえ思える。寛はこの経験を「天の配剤」という作品に書いた。

同じ年の九月に当時の三越呉服店（現在のデパート）のPR雑誌『三越』が、「文芸の三越」と銘うって各種の文芸作品を募集した。懸賞金の総額三千円、選者には森鷗外、巌谷《いわや》小波《さざなみ》などそうそうたる大家が顔をそろえた豪華な懸賞であった。寛はこれに「流行の将来」と題する論文と、「桃太郎」と題する童話劇を、菊池寛一郎の名で投稿した。発表は同誌の十二月号で行なわれ、「桃太郎」は落選したが、論文の方が三等に入選し、賞金五十円をもらった。このとき、東京の山本有三と久米正雄もそれぞれ喜劇を作って応募したが、山本がXYZという筆名で書いた「当世娘気質《むすめかたぎ》二十八、十七」が三等に入選、久米は落選の憂き目に会うという一幕もあった。

寛は獲得した五十円のうち半分を、ちょうどそのころ結婚した妹にこづかいとして送ってやった。

「家に致命的な負債を負わせる学資で学校へ入りながら、二度までもおのれ自身の心がけだけで出なくともいゝ学校をとび出している自分として父母肉親に対し、申訳がないのであるが、この二十五円を送ったことで、自責の尖端をいくらかでもにぶらせたわけである。」(「半自叙伝」)

こうかれはいっている。切りつめた家計のもとで、極度につつましい支度に甘んじながら嫁入りした妹へのかれの暖かい思いやりが感じられる文章である。

第三次『新思潮』の同人となる

「十月一日。

なんとなく落着けない。殊に夕暮が来るとそうだ。青い絨毯《じゆうたん》を敷き詰めたように、拡がって居る比叡の山腹が、灰色に蒼茫《そうぼう》と暮れ初むる頃になると、俺は立っても居ても、堪らないような淋しさに囚われる。俺は自分で、孤独を求めて来た。が、その孤独は、すぐ俺を反噬《はんぜい》し始めた。しかも、俺の孤独の淋しさの裏には、烈しい焦燥の心が、潜んで居る。東京に居る山野や桑田などが一日々々どんなに成長して居るかと考えると、俺は一刻もジッとしては居られないという気がする。」

これは寛の出世作となった「無名作家の日記」(大七)の一節である。京大入学当時のかれの文学的な焦燥感を日記の形にまとめた作品で、文中の山野、桑田は、それぞれ芥川、久米をモデルにしたものと考えられている。むろん事実そのままを描いたわけではなく、小説上の潤色や誇張もあるが、京都にいてかれがどんな気持ちで日々を送っていたかがよくわかる。当時のかれの下宿は比叡山の麓、白川村の入口の傘《かさ》屋の二階であった。寛はこうした孤独感や焦燥と戦いながら研究室や図書館で読書に没頭した。さいわいそこにはどこにも負けないりっぱな近代文学関係の本がそろっていた。かれはそこで一高時代から関心を持ちはじめていたバーナード＝ショウの戯曲をはじめ、シング*・グレゴリー**・ダンセイニ***といった、英国やアイルランドの近代文学を片っ端から読破していった。かたわら好きな江戸文学関係の本も相変わらず読んだ。

当時、京大の英文科では厨川白村《くりやがわはくそん》・上田敏両博士がヨーロッパ近代文学にかんする講義を行なっていた。ふだん教室に出るより研究室や図書館にいるほうが多かった寛も、この二人の学者の講義だけは熱心に聞いた。とくにヨーロッパの古典に精通し、アカデミックな雰囲気をそなえた上田敏を尊敬した。寛がシングに傾倒したのも、上田敏の感化によるところが大きかった。上田敏は学者である一方、明治三十年から四十年にかけては森鷗外とならび、日本文壇のもっとも目ざましい水先案内人をつとめた一人でもあった。そういった上田敏の存在は、創作の面で東京の連中におくれをとるまいとする寛の心のよりどころでもあった。上田敏に認められれば文壇へ出られるかもしれない。そう思った寛は、何度も自作の戯曲を博士のもとに持ちこんだり、送ってみたりしたが、最後まで何の反応も得られず失望した。

寛が京都で孤独と戦っているころ、東京にいる芥川や久米や山本の間に『新思潮』復刊の相談が持ち上がった。第二次『新思潮』が谷崎潤一郎・木村荘太・和辻哲郎といった人たちを生み、明治四十四年三月に終刊となっているのを受け、あらたに第三次の『新思潮』を出そうというのであった。同人の中心となったの

* シング（John Millington Synge 一八七一—一九〇九）　アイルランドの劇作家。
** グレゴリー（Lady Isabella Augusta Gregory 一八五二—一九三二）　アイルランドの女流劇作家、伝説研究者。
*** ダンセイニ（Lord Dunsany 一八七八—一九五七）　アイルランドの劇作家。

は山宮允《さんぐうまこと》と山本有三で、これに豊島与志雄・土屋文明・久米正雄・芥川龍之介・松岡譲・成瀬正一・佐野文夫が参集した。この同人たちから京都にいる寛にも誘いがかかったのである。これは一高時代からとくに親しくしていた久米や成瀬の友情であった。寛は京都にいる関係上のけものにされても仕方がない立場にいただけに、かれらの友情に深く感激した。これによって寛は、自分の創作を直接に活字にして発表する機会にめぐり合ったのである。

「このとき同人になっていなかったら、その次の『新思潮』にも同人になれず、結局僕は文壇に出る機運に接しなかったと思う。」(「半自叙伝」)

と寛自身記しているとおり、この第三次『新思潮』はかれの文壇進出への貴重な足がかりとなった。

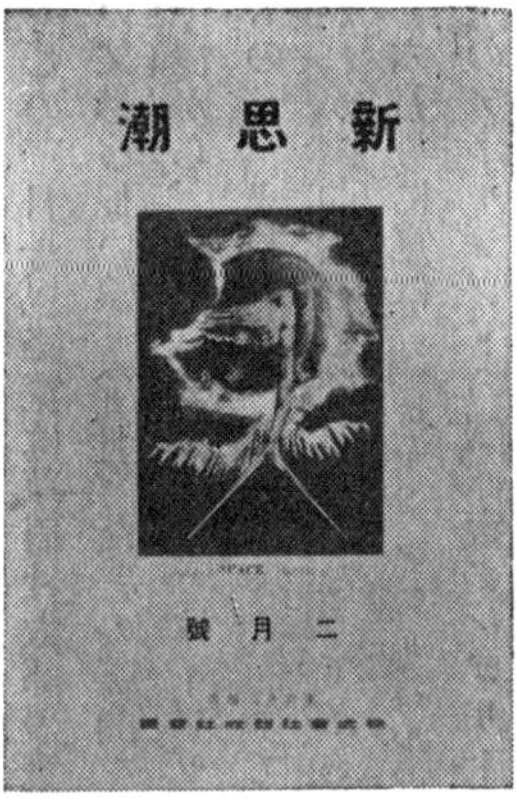

第三次『新思潮』創刊号の表紙

第三次『新思潮』は大正三年二月十二日に創刊された。編集は久米正雄がほとんど一人であたったといわれる。その創刊号に、寛は菊池比呂士のペンネームでショウの「スフィンクスの胸に居るクレオパトラ」の翻訳を載せた。次いで三月号には、草田杜《もり》太郎の名で「鉄拳制裁」を載せ、「雑録」も書いた。同じ号には久米正雄の「牛乳屋の兄弟」(のち「牧場の兄弟」と改題)が掲載されたが、これは新時代劇協会の枡本清に認められ、その年の九月に有楽座で上演、好評を博した。

この三月号以降寛は草田杜太郎の筆名を使い、「玉村吉弥の死」(五月)、「弱虫の夫」(八月)、「恐ろしい父恐ろしい娘」(九月)などの戯曲を発表した。このうち「玉村吉弥の死」は当時のかれの若衆歌舞伎への憧憬《しょうけい》から、また「弱虫の夫」はイプセンなどの影響からそれぞれ書かれたものだという。「両方とも、冷汗もの」(「半自叙伝」)と寛自身も認めているとおり、習作程度のものであったが、のち「父帰る」が上演され、かれが戯曲家として有名になってから二つともとりあげられ、上演された。

六月号に寛は「『ヒヤシンス=ハルヴェイ』誤訳早見表」というのを載せた。これは芸術座で上演する予定のアイルランドの劇作家グレゴリーの「ヒヤシンス=ハルヴェイ」(Hyacinth Halvey)の訳が誤訳だらけなのに憤慨し、それをひとつひとつ指摘したものである。これは英語の読解力にすぐれ、しかもアイルランドの近代劇に精通していたかれの文字通りの独壇場《どくだん》であった。以後、草田杜太郎の名は、翻訳にたずさわる人たちの間に恐慌を巻き起こしたという。

第三次『新思潮』は、同じ年の九月で廃刊になった。この第三次の『新思潮』では、寛も芥川を含む他の同人たちも、まだかくべつ文壇から認められるには至らなかった。最後の九月号は、一高の卒業試験検定の受験と夏休みを過ごすために上京した寛が主として編集にあたったという。このときかれは一高以来の芥川と再会し、江戸文学や外国文学にたいする共通の興味から急速に親しくなっていった。

京都大学を卒業する

第三次『新思潮』廃刊により、寛は発表の機関を失ったが、それでもなおいくつかの作品を書き続け、小説「世界の最後」(大三・一〇)、戯曲「足なき田之助」(同・一二)、同じく「狂う人々」(大四・二)といった作品を、以前から投稿していた『中外日報』や『反響』に送って載せてもらったという。

二年目からは大学での身分は一高の卒業検定に合格し、正規の本科生となったが、図書館にこもって勉強するという点では以前と変わりはなかった。かれの心はアイルランド近代劇を専攻することにほぼ固まっていた。京都での生活は相変わらず無聊《ぶりよう》であったが、一つだけなぐさめることがあった。それは将棋をさすことである。その動機となったのは、かつての高松中学時代の「わいた」仲間で、いまは、同じ京大の法科に学んでいる綾部健太郎(現在鉄道建設公団総裁)とさした将棋に一度も勝てないことであった。寛は京大の入学者発表のあったおり、この旧友とばったり顔を合わせて以来下宿を尋《たず》ね合っては将棋をさしていたのだった。勝ちたい一心のかれは定跡《じようせき》の本を買って研究するかたわら、出町橋東詰の将棋好きの床《とこ》屋に出入りして腕をみがいた。無聊と孤独に苦しんでいたかれにとって、将棋に精神を集中することは娯楽以上の楽しみであった。かれはすっかり将棋にとりつかれ、生涯を通じての大の将棋好きになってしまった。のちに文芸春秋社の社長となってから、仕事の能率をあげるため、社内の将棋台や、ピンポン台を一切片づけさせたことがある。ところがそれによって一番困ったのはほかならぬ寛自身であったため、たちまちもとどおりになってしまったという話が伝えられているほどである。

寛に将棋を教えてくれた床屋は佐野春松という名の人で、寛は大学卒業後も何度かこの人を訪ね旧交を温めてた。これについては「将棋の師」(大一〇)、「歓待」(大一五)にくわしい。

京都帝大卒業も目前に迫って来た大正五年の二月、第四次『新思潮』が復刊されることになった。同人は第三次以来の久米正雄・芥川龍之介・成瀬正一・松岡譲の在京組に京都の寛が加わって合計五人となった。

在京組のうち、久米、芥川、松岡の三人は、前年の暮れごろから夏目漱石の家で開かれる「木曜会」に参加しはじめ、その強い感化のもと、文学への激しい闘志を燃やしていたのである。木曜会に出たことのない成瀬もまた漱石の崇拝者であった。雑誌の費用は同人たちが三円ずつ出し合い、足りない分を成瀬が負担することになった。復刊の話を寛がはじめて成瀬から知らされたのは大正四年の暮れであったが、発表機関がなく創作の熱意もしめり勝ちであった寛は大いに喜び、かつ期待を寄せた。続いて来た久米からの連絡にたいし、次のような返事を送っている。

「雑誌発刊のこと、成瀬よりも聞いた。活字になる当がなければ書けないほど、創作発作の尠い僕は、雑誌がなければ何も書けないのだ。君たちの努力によって、ものになる事を望みかつ信じている。僕も、二、三円なれば出せる。(後略)

四年十二月三十日

第四次『新思潮』創刊号の表紙

京都吉田町にて　菊池　寛

久米正雄様」

かれはこの手紙の中で、二、三円の会費なら出せると書いたが、これは免除された。かれの貧乏なことは誰にもわかっていたからである。こうして大正五年二月十五日に第四次『新思潮』が創刊された。今度の同人は気の合った少人数に限られ、あらかじめ十分な準備を重ねていたこともあって、その編集態度にも最初から格別な意気込みが見られた。

「吾々は今乏しい私費を投じてこの小冊子を毎月出す。今度こそは永久にやって行くつもりだ。単に此雑誌を文壇へ出る一時の方便にするには、吾々の慾望は余りに大き過ぎる。」

これは久米正雄の「編集後に」と題する文章の一節である。寛はこの創刊号に「藤十郎の恋」と題する十五六枚の作品を書いて送った。ところが、この原稿を読んだ同人たちは誰も感心しなかった。その理由は、おもしろい題材ではあったが、あまりにも簡単すぎ、まるで梗概だけを書いたみたいな作品だから、ということであった。久米から掲載できぬ旨の連絡を受けた寛は、かわりに「暴徒の子」と題する一幕物の戯曲を送り、それを載せてもらった。暴動を起こしたある植民地の原住民たちの間に横たわるみにくいエゴイズムを描いたものである。明快なテーマがこの作品の劇的効果を高める役割を果たし、散慢な筋の多い在来の歌舞伎や、翻訳劇などと違った、新しい日本の現代劇を志向するような作品であった。しかし、べつに文壇の注目をひくようなことはなかった。

これにたいして、同じ号に載った芥川の「鼻」が夏目漱石の激賞を呼び、これによって、かれが一躍新進作家としての地位を確立するきっかけをつかんだことは文学史上有名な事実である。結果的に、大正六年三月まで合計十一号を出した第四次『新思潮』は、この芥川を先頭に久米、続いて寛を次々に文壇に送り出すという役割を果たしたことになり、その後しばしば復刊された『新思潮』と関係なく、この第四次の同人だけがとくに「新思潮派」の名で呼ばれるようになった。

二月に発刊された第四次『新思潮』は翌三月を休み、四月一日に第二号を出した。寛はこれにも草田杜太郎の名で戯曲「不良少年の父」を発表した。次いで五月の第三号では、「屋上の狂人」を発表したが、かれはこのときはじめて本名の菊池寛を使った。これ以後の作品はすべて菊池寛の名で発表されている。七月(第五号)にはシングの「海に行く騎者」からヒントを得たといわれる戯曲「海の勇者」を、また八月(第六号)には遊び好きの僧が仏像の奇蹟におどろかされるというユーモラスな短編「閻魔堂」(のち「奇蹟」と改題し戯曲に書きなおしている)を発表した。いずれも後年になってから好評を得た作品であるが、この発表当時にはまだ文壇的に何ら注目されなかった。

寛はこの八月号の締め切り前、大正五年の七月に京都大学英文科を卒業して上京した。卒業論文は「英国及び愛蘭の近代劇」と題し、ピネロ*・ハンキン**・ワイルド・ゴールズワージイ***などを論じたものだ

* ピネロ (Sir Arthur Wing Pinero 一八五五—一九三四) イギリスの劇作家。
** ハンキン (St. John Emil Clavering Hankin 一八六九—一九〇九) イギリスの劇作家。
*** ゴールズワージイ (John Galsworthy 一八六七—一九三三) イギリスの小説家、劇作家。

といわれる。成瀬家の好意に支えられて過ごした京都大学での三年間を含め、長い、艱難《かんなん》なかれの学生生活にようやくピリオドが打たれたのである。数え年二十九歳であった。

時事新報の記者となる

苦学の末、寛は大学を卒業したが、それで万事が解決したわけではなかった。『新思潮』に発表した作品はまだ文壇ではほとんど認められておらず、作家として立てる見込みはなかった。さしあたって生活して行くための就職口を捜さねばならなかったのだが、それがおいそれとは見つからなかったのである。これもやはり成瀬の父親に斡旋してもらうよりほかなかった。こうしたことから寛は就職口のきまるまでふたたび成瀬家に寄食させてもらうことになった。

京都を発《た》とうとした日の晩、寛は上田敏博士が東京の自宅で死去したことを級友の一人から知らされた。代表で葬儀に列席してほしいという級友の言をあとに、かれは博士と自分との間になにか因縁めいたもののあるのを感じ、興奮した気持ちで上京した。翌日、さっそく、博士の宅へ悔やみに出向いた。せめて紋付の羽織でも着て行きたかったのだが、そんなものがあるはずがなかった。所々にシミや穴のできた洗いざらいの白木綿の一帳らで出かけるよりほかなかった。かれはりっぱなフロックや紋付を着用した多数の弔問客の中で、ただ一人調子はずれな服装をした自分がたまらなく惨《みじ》めになり、早々に焼香を済ませると逃げるように帰って来た。

博士の葬儀はその二日後の午後であった。その日の午前中、寛は成瀬の父親に書いてもらった就職紹介状を持って博文館*の大橋新太郎館主を尋ねることにした。かれは前の晩、その大事な紹介状に自分の不注意から大きなシミを作ってしまい、ひどく憂鬱な気持ちであった。風呂からあがったとき、ぬれ手拭をうっかりその上に置いてしまい、気がついてかわかしたときにはもう遅かったのである。手紙には大きなシミができていたうえ、文字の一部分がにじみ出てしまっていた。今さら書き直してもらうわけにもゆかず、とり返しのつかない失策をやった自分をのろいながら、かれは麻布にある豪壮な大橋邸を尋ねた。ところが、かれは受付に出た老人ににべもなく玄関払いをくわされたのである。かれはいいようのない不快感に襲われた。意気消沈の体で日比谷の辺をトボトボと歩いているうちに、上田博士の葬式に行く元気もなくなってしまい、そのまま成瀬家に帰ってきてしまった。すると、そこには在京中の寛に上田博士の通夜と葬式に代表して出てもらいたいこと、香典として五円分担してもらいたいことなどを記した京都の同窓生からの手紙が届いていた。寛にしてみれば寄食させてもらっている成瀬家に香典の無心までできる道理がなかった。かれはいよいよ不愉快になるばかりだった。

以上のいきさつは小説「葬式に行かぬ訳」に描かれている。寛は自分のおかれた境遇のために尊敬していた博士の死を純粋に悲しむ余裕のもてなかったことを心から恨めしく感ぜずにはいられなかったのである。博文館の大橋館主には結局三度目に面会することができたが、かれの希望はみのらなかった。不採用の理由は、博文館では高山樗牛《ちょぎゅう》・大町桂月以後、文学士は使わないことにしているということであったという。

* 総合雑誌『太陽』、文芸雑誌『文芸倶楽部』などを刊行し、明治から大正にかけて勢力をふるった大出版社。

「つまらない理窟だと思いながら私は、かなりがっかりした。しかし博文館へ入っていたら、あすこは自分のところの雑誌へも他の雑誌へも社員の執筆を禁じてあったらしいから、私は文壇に出る機会を逸したかもしれない。」（「半自叙伝」）

寛はこういっている。のちに大家となってからも、自分が文壇に出られたことを非常な幸運のように考えたかれとしては、こういったところにも自分の運命の分かれ目を意識せずにはいられなかったのであろう。

最初の就職運動がだめになって落胆しているところへ、郷里の家から月に十円でもいいから送るようにといって来た。大学を出さえすれば、りっぱな月給取りになれると思い込んでいるわけだから無理もないことであったが、職もなく他人の家に寄食して悶々《もんもん》としているかれにとっては、やり切れない思いだったにちがいない。そんな寛のために久米正雄が翻訳の仕事を紹介してくれた。ある文学士が西洋美術書の叢書を刊行することになり、そのうちの一冊としてドナーという人の書いた六百ページほどの『希臘《ギリシャ》彫刻手記』という本をかれが訳すことになった。仕事のできたかれは毎日、日比谷図書館に通ってせっせと翻訳をはじめた。

ところが、ある日その大事な本を電車の中に置き忘れてしまったのである。かれは青くなって巣鴨・三田・春日《かすが》町といった電車の車庫を捜し歩いたがどうしても見つからない。しかたなく自分でその本を買おうとあちこちの書店を捜したがどこにもない。ようやく上野図書館に同じ本のあることがわかり、以後はそこを仕事場にして一生懸命に翻訳を続けた。ところが、仕事が半分ほど進んだところでこんどは出版社のほうが破産し、すべてが徒労に終わってしまった。かれの失望落胆ぶりは想像にあまりある。

こうした失意の寛に同情した成瀬家主人の弟成瀬正義が、自分と姻戚関係にある時事新報社の主筆石河幹明を紹介してくれた。九月ごろのことである。今度は首尾よく採用と決まった。就職のきまった寛は、やっと人並みの人間になれたような気がした。初任給は二十五円、それに四円の手当がついて合計二十九円であった。しかしその中から十円を実家に送金せねばならなかったので、とても独立して下宿できる見込みはなかった。すでにひとかたならぬ世話になった成瀬家に、このうえ面倒をかけることはかれの本意ではなかったが、万やむを得ずしばらくは今までどおり成瀬家に置いてもらうほかなかった。かれは成瀬家主人の洋服のおさがりをもらって、勤めに着て出た。

就職運動に明け暮れした卒業後の数か月であったが、寛はこの間も『新思潮』への原稿を精をこめて書いた。九月（第七号）には「自殺救助業」を発表したが、これは寛の書いたはじめての本格的な短編小説である。十月（第八号）にはふたたび小説「江戸ッ子」を載せたほか、「愛蘭劇手引草」と題する文章も書いている。さらに十一月（第九号）には時代小説「三浦右衛門《うえもん》の最期《さいご》」、随筆「文芸東西往来」を載せた。後者はかれの該博《がいはく》な知識が縦横に駆使されたユニークな文芸批評で、同人からも好評を受け、毎号続けるようすすめられたという。新聞記者となった関係もあるが、かれのもって生まれたジャーナリスティックな才能がこのあたりから早くも本領を見せはじめてきたことは注目される。しかし、芥川がこの五月以降、雑誌『新小説』に「鼻」、「芋粥《いもがゆ》」を載せ（前者は『新思潮』からの転載）、続いて当時文壇の檜《ひのき》舞台と目されていた『中央公論』に「手巾《ハンカチ》」を発表するに及んで一躍はなやかな文壇の脚光を浴びたのにたいし、寛の作品は依然として誰からも注目されるには至らなかった。一つには寛がこのころ精力を傾けて書いた戯曲というジャンル自体が文学作品として認められにくいという一般的な事情もあったのである。

漱石の死を取材する

大正五年十二月九日、第四次『新思潮』の同人は悲しい出来事に遭遇した。それは夏目漱石の死である。寛は漱石にたいし他の同人ほどには親しい関係をもつに至らなかったが、尊敬の念をいだいていた点では同じであった。かれがはじめて漱石に面会したのは京大を卒業して上京した七月末か八月はじめであった。そのころ洋行することになった成瀬正一が、出発前に是非一度崇拝する先生に会って行きたいと希望した。そこで、芥川や久米が寛も誘って四人で漱石山房に出向いたのだった。松岡はこの日連絡の手違いからのけ者にされ、あとで非常に憤慨したという。当日は先客として小宮豊隆と野上豊一郎が来ていた。そういう先輩にまじって、芥川や久米がなれなれしく漱石と議論を戦わしたりするのを人見知り癖《くせ》のある寛は、ただ感心して聞くばかりであった。帰途芥川は、

「夏目先生には温情があると、誰かが云ったが本当だね。」

と洩らしたという。それには皆が賛成した。寛も、

「世の中で一寸得がたい経験をしたような気がして、二三日は幸福であった。」（「漱石先生と我等」）

と記している。この日の面会で、漱石は『新思潮』に載った寛の作品を、歯に衣《きぬ》を着せぬ無遠慮な言葉で批評してくれた。そういう漱石の人間味が、上田敏の冷たい学者的態度とひどく対照的なのに寛は深い印象を

夏目漱石（大正元年）

受けたのである。

漱石の死んだ十二月九日は、ちょうど寛にとって週一度の公休日にあたっていた。夕方の五時近く松岡が漱石重態を電話で知らせて来た。久米も芥川もかけつけて来るはずだという。漱石は一か月ほど前から持病の胃《い》潰瘍《かいよう》が悪化し、病床にあったのである。この報に寛も少なからぬ衝撃を受けたが、他の同人たちとはやや立場が違うので、漱石邸にかけつけるのは何だか場違いのような気がした。同時にかれの新聞記者としての本能的な職業意識が頭をもたげた。文壇の泰斗である漱石が今死に直面しているという事実は、どうしても聞き捨てならないニュースであった。かれはとにかく社会部長の千葉亀雄の耳に入れておこうと考えた。新米記者としてこうした特ダネを送ることが、いくぶん得意にも感じられたのである。

電話に出た千葉部長はむろん喜んだが、思いがけなくその取材をかれに依頼して来たのである。寛は当惑した。新聞記者になって以来、災害や不幸に苦しむ人たちを相手に取材することは、かれの一番苦手として来たところだからである。しかし他に適任者がいないという上司の依頼には服するほかなかった。かれはただちに松岡の家に寄り、事情を話して協力を頼んだ。夏目邸に行った松岡は、近くの西洋料理店で待っている寛に、新聞記者を一切締め出した屋敷内の模様や、見舞客の顔ぶれや、漱石の病状を報告してくれた。寛

はすぐ千葉部長に報告した。責任を遂行し得た誇らしい気持ちだった。ところが、千葉部長はむしろ冷ややかに、

「死は時間の問題でしょう。それよりも見舞客の中にいる鉄道院総裁の中村是公氏の談話をとって下さい。」

といった。かけだし記者の寛にはそこまで思い至らなかったのである。

寛は勇を鼓して夏目邸に行った。新聞記者では断わられることがわかっていたから、『新思潮』の同人と名乗ると、わけなく玄関を通してもらえた。出迎えた久米に案内され、三十分ほど前に息をひきとったばかりの漱石の遺骸に対面したかれは、ただ深い哀悼の念にうたれるばかりであった。いならぶ門人や知人たちも一様に厳粛な、沈痛な面持ちであった。かれは中村是公の談話をとる任務を思い出すと鉛のように気が重くなってしまったが、やっとのことで思い切り、久米を通じて中村是公に紹介してもらった。しかし談話はきっぱりと断わられた。主治医にも断わられた。しかたなく一番先輩の門下生である小宮豊隆に頼むと、かれは憤りと軽蔑をこめた目で寛をにらみ、

「私は、話なんか決してしません。こんな時に。」

といったという。

取材の任務さえなければ、すべての人たちと同様敬虔な哀悼の念をもって通夜に参加ができたのだが、編集へ電話する仕事の残っているかれは、自分の職業をつくづく恨めしく感じながらひとり夏目家を辞した。

このことは寛の記者時代を通じてのもっともつらい経験であった。

漱石の死によって、第四次『新思潮』の十二月号は休刊となった。翌年一月一日に第十号が発行されたが、これに寛は戯曲「父帰る」をのせた。発表当時ほとんど誰からも注目されなかったのであるが、ただ一人『帝国文学』*に短編などを書いていた弘田親愛という人が、この作品を推賞してくれたということを久米から聞いた寛は「父帰る」を認めてくれた最初の人として、この人の名をいつまでも記憶していたということである。

大正六年三月の『新思潮』（第十一号）は、「漱石先生追慕号」と題する特集を行なったが、たちまち全部売り切れになってしまった。第四次『新思潮』はこの第十一号を最後に廃刊となった。

＊『帝国文学』　学術・文学雑誌。東大関係者で、明治二十八年一月から大正九年一月まで発行。途中大正六年三月から九月まで休刊した。

四、新進作家からジャーナリストへ

『中央公論』から執筆を依頼される

　大正六年の四月、寛は同郷の士族奥村五郎の次女包子（かねこ）と結婚した。かれはこの年三十歳であった。金持ちの未亡人と結婚したバーナード＝ショウにならい、資産家の娘か、でなければ職業婦人を妻にして生活を安定させたいというのがかれの結婚の動機であった。一見あまりにも即物的な考え方のようにも思えるが、じつはかれが貧窮の前半生を通じて学びとった合理主義精神の現われにほかならない。

　かれは苦学の末やっと新聞社に就職はしたものの、いまだ経済的に自活できず、心ならずも成瀬家の厄介《やっかい》になり続けていた。しかし、それもしだいに心苦しくなる一方であった。何とか経済的に独立しなければならぬ。それには資産家の娘と結婚することが一番の早道だ。こう考えた寛はさっそく自分の希望を郷里の実家に伝えてみた。するとかれの少年時代の秀才の余光もあってたちまち五、六人の候補者が集まった。かれはその中から一番条件のよい奥村包子を選んだ。月々一定の金を送ってくれるうえ、将来まとまった金を出してくれるという申し出があったのである。

「私は、妻の写真を見ただけで現在の妻と結婚した。だから、私は妻がどんな悪妻であっても文句が云えないのである。しかし、私の妻はそう云う持参金などよりも、性格的にもっと高貴なものを持っている女だった。私の結婚は、私の生涯に於て成功したものの一つである。」

「半自叙伝」でかれはこういっている。みずからの結婚を「生涯における成功の一つ」と自信を持っていい切った寛の言葉には、ゆるぎない自己の人生観への賛歌に似た響きさえ感じられる。後年ある雑誌が、「もし生まれかわってもう一度結婚するとすればどのような女性を選ぶか」というアンケートを出したことがある。多くの人は理想の女性像を描いたのだが、寛だけは「現在の妻」と答えたという。おそらくそれがうそも、飾りもない正直なかれの心情であったに相違ない。

結婚式は郷里で行なったが、それらの費用は成瀬夫人にお祝いとしてもらった三十円と、ちょうどそのころはいった原稿料を合わせて合計五十円ほどでまかなったという。郷里から上京するまでの汽車の旅がかれらの新婚旅行を兼ねていた。上京すると、麻布笄《こうがい》町二十八番地の川西呉城という画家の二階を借りて新家庭をかまえた。足かけ六年にわたって世話になった成瀬家から出て、寛ははじめて独立したのである。

寛は第四次『新思潮』の休刊によってふたたび発表機関を失い、『新思潮』以外では二月号の『帝国文学』に「道を訊《き》く女」を寄稿したほか作品発表の機会がなかった。そこへ『斯論《しろん》』という雑誌から小説執筆の注文が来た。はっきりした時期はわからないが、この年の秋ごろのことだったらしい。かれはそれに「暴君の心理」と題する二十枚ばかりの小説を書いて一枚五十銭の原稿料をもらった。先方からの依頼によって執筆し、原稿料を受けたのは生まれてはじめてのことであった。この作品はのちに改作され、有名な「忠直卿行状記」となった。

この前後に、かれは笄町の部屋から小石川武島町の三須という裁縫師匠の貸間に移り住んだ。六畳ふた間つづきという部屋であった。この家の隣には国木田独歩の遺族が住んでおり、寛はその当時十四、五歳だった独歩の遺児虎雄とたちまち仲良しになってキャッチボールやピンポンの相手をして遊んだ。

翌大正七年は、寛が文壇へ乗り出す大きな転機の年となった。このころの寛について、友人の江口渙は『わが文学半生記』の中で次のようにしるしている。

「『帝国文学』が復刊（大正六年十月＝筆者注）して一とうもうけものをしたのは、芥川龍之介をのぞいたあとの第四次新思潮の人たちだった。つまり、芥川ひとりはとんとんといかにもあざやかに文壇へ出ていった。だがあとの久米正雄と菊池寛と松岡譲はとりのこされた形になった。それを私と久保*とでつぎつぎに『帝国文学』にかかせたので、この人たち、とくに、久米と菊池があいついで文壇へ出ていくことになったのである。」（「その頃の菊池寛」）

この江口渙以外にも、寛より一足早く文壇に足がかりをつかんだ久米などが、あちこちの雑誌をかれに斡旋してくれたらしい。こうして一月の『帝国文学』に発表した「悪魔の弟子」はさいわい早稲田の本間久雄に認められた。「文壇的に初めて私を認めてくれた人として、私は長い間本間久雄氏を徳としていた。」

＊ 久保勘三郎　一高、東大を通じて芥川らと同級であった。大正六年一月に、佐藤春夫、江口渙らと同人雑誌『星座』を発刊し、同十月には後藤末雄、久米正雄、江口渙らと『帝国文学』の復刊に加わった。

（「半自叙伝」）寛はこう告白しているが、これから文壇に出ようとしている作家にとって、その作品に与えられる批評がどんなに大きい意味を持っているかが想像されよう。

三月はじめに長女瑠美子《るみ》が生まれ、寛は一家の父となった。このことによって責任を感じたかれは、一段と緊張した生活を送るようになったらしい。創作の発表もこの前後からにわかに活発になって来た。一月には前記「悪魔の弟子」のほか『新公論』に「ゼラール中尉」を、『大学評論』に「ある敵打の話」を発表、さらに三月には『文章世界』に「勲章をもらう話」を、四月には『帝国文学』に「病人と健康者」を、五月には『新小説』に「盗みをしたN」をそれぞれ発表している。発表機関の範囲が広がり、寛の文壇への進出の機運がうかがわれるが、これらの作品がそろって小説である点は注目してよい。『新思潮』時代、主として戯曲の創作に没頭していたかれは、前年一月の「父帰る」をさかいに短編小説の創作に転じ、この大正七年から九年にかけてのわずかな時期の間に生涯の傑作と称せられる短編小説のほとんどすべてを書いてしまったのである。かれが戯曲から小説へと方針を変えたのは、ひとつには江口渙に戯曲で文壇に出る不利を説得されたためだといわれる。

この年の春、寛個人にとって悲しいことが起こった。恩を受けた成瀬家の人たちの中でも、とくにかれが敬愛していた夫人が死んだのである。自宅にいて突然夫人の訃《ふ》に接したかれはとるものもとりあえず電車に乗って出かけたが、途中涙がわき出て来るのをどうすることもできなかった。葬式も済み、しばらくたったある日、思いがけなくかれが長年欲しいと思っていて買えなかった大島の着物が成瀬家から届けられた。それは夫人のかたみであった。寛は尊い人の恩に二度泣いたのであった。かれはこのいきさつを「大島ができる話」という小説に書き、六月の『新潮』に発表した。

その六月のある日、かれが勤めから帰ってくると、路地の入口に自家用の人力車が止まっていた。かれは思わず、「あ、来たな!」と心の中で叫んで興奮した。かれはそれが文壇のローマ法王的存在である『中央公論』の瀧田《たきた》樗蔭《ちょいん》のものであると直感したのである。当時この人の乗り回す自家用の人力車は有名であった。現代ならば運転手付きの自家用車にあたる。家にはいってみるとそれは樗蔭その人ではなかったが、その命を受けた記者の高野敬録で、案の定、小説執筆の依頼に来たのであった。当時『中央公論』に作品を発表することは、作家として文壇への登録をするのと同然であった。芥川に遅れること二年あまり、寛もやっとその機会にめぐまれたのである。このときかれが渡した原稿が「無名作家の日記」で、『中央公論』七月号に掲載された。この作品中に出て来る一人物は明らかに芥川龍之介で、しかもその人物にたいする作者のねたみや反感があらわに描かれているため、心配した瀧田樗蔭は芥川に発表してもよいかどうか、確かめてみたという。むろんこれは樗蔭の杞憂《きゆう》に終わった。おたがいに一人前の作家として認め合っている二人の間に、つまらぬ誤解の生じる余地はすでになかったのである。

若いころの瀧田樗蔭

「無名作家の日記」は読者の間にモデル的興味を呼び、好評を得たばかりでなく、正宗白鳥の賞賛を受けた。これが縁で、寛は九月の『中央公論』にふたたび「忠直卿行状記」を載せたが、これも生田長江《ちょうこう》などに認められた。この二作によってかれはようやく文壇での地位を不動のものとしたのである。この年かれは牛込榎町に移り、はじめて一戸を構えたが、ほどなく小石川中富坂町に転居した。

「父帰る」上演される

大正八年の二月に寛は二年半にわたって勤めた時事新報社を退き、大阪毎日新聞の客員になった。これはやはりそのころ海軍機関学校の職を辞して、同社の客員になった芥川の尽力によるものであった。客員というのは月給をもらうが、出社の義務はなく、そのかわりに新聞へ書く原稿料は受けとらないというものである。やめる前の時事新報社での月給は四十三円、大阪毎日の月給は百五十円だったという。寛は前年「無名作家の日記」によって文壇にデビューし、その後も一高マント事件の佐野文夫との交渉を描いた「青木の出京」（『中央公論』）をはじめ、「敵の葬式」（『新小説』）、「父の模型」（『新潮』）といった短編を一流の雑誌に発表して好評を呼び、作家として立てる見込みが十分ついてはいたのだが、なお一年近くも新聞記者としての定職を捨てないでいたのであった。少年時代から貧乏の苦労をいやというほど経験しているだけに、こういった点ははなはだ慎重、かつ堅実だったわけである。ちなみにこの当時の原稿料は『中央公論』が一円、『新潮』が七十銭、『新小説』が六十銭だったという。

『大阪毎日』に入社が決まって暇を得た寛は、芥川と連れ立って長崎へ旅行した。この年の五月のはじめごろのことであった。

「私はこの旅行をしながら、自分の思いがけない文壇的出世に夢の如き思いがして、（恐らくこれが自分の絶頂ではないか）と、ひそかに考えた。そして、とにかくこゝまでくれば、自分も満足だと思った。」

寛は「半自叙伝」の中で、このような感慨の言葉をつづっている。

かれはこの大正八年には、一月に名作「恩讐の彼方に」（『中央公論』）を発表したほか、はじめての単行本『心の王国』を新潮社から、続いて『女の生命』を玄文社から出版した。さらに二月には「葬式に行かぬ訳」（『新潮』）、三月には「我鬼」（『新小説』）を書いたのち、四月の『大阪毎日』の夕刊に「藤十郎の恋」を載せた。これは第四次『新思潮』の創刊号に送ったが、同人の反対に会って未発表になっていたのを中編小説に書き直したものである。この作品は大森痴雪《ちせつ》という人の手でただちに脚色され、中村鴈治郎一座によって同年十月に大阪の浪花座で上演された。

このほか四月には「たちあな姫」（『太陽』）、「ある抗議書」（『中央公論』）、五月には「まどつく先生」（『文章世界』）、七月には「灰色の檻《おり》」（『中央公論』）、九月には「友と友との間」（『大阪毎日』）、十月には「簡単な死去」（『新潮』）などの諸作品を発表し、はやくも中堅作家としての地歩を固めた。右の作品のうち「友と友との間」は親友久米正雄が、漱石令嬢に失恋した事件を描いたもので、登場人物がことごとく実在人物になぞらえられるという点で、モデル小説としての興味をひいた。

この時期のかれの作品に共通している特徴は、明確な主題の存在である。寛はのちに、すべての小説はテーマがなければならぬという信念から、「テーマ小説」ということを提唱した。この時期に書かれたかれの短編はその「テーマ小説」を代表するものばかりである。しかもかれが小説の中心に据える主題はつねに現実の、なまなましい人間の生き方の問題に触れている。敵方に捕えられ、「命は惜しうござる」と叫びながら切り殺された戦国時代の落武者の中に本当の「人間らしさを」見るという初期の「三浦右衛門の最期」から、極悪非道の殺人鬼が宗教を得たおかげで欣然として刑死し、天国に赴いたことを知った被害者遺族が割り切れぬ感情を訴えるという「ある抗議書」などに至るまで、それは一貫した特徴となっている。

芥川の弟子筋にあたり、寛とも親交を結んだ小島政二郎は、自伝小説『眼中の人』の中で、寛の作品の印象を芥川のそれと対比させて次のように描いている。

「芥川の小説は、仮象の世界を形づくって、色彩豊かに目の前に浮んでいた。菊池の小説の世界は、目の前に浮ばずに、生々しくすぐ人生の隣に並んでいた。」

『文芸往来』初版本の表紙

こうした特異な短編小説を中心とするかれの創作活動は、翌大正九年も引き続いて行なわれ、「勝負事」(『新小説』一月)、「出世」(『新潮』同)、「神の如く弱し」(『中央公論』同)、「M公爵と写真師」(『解放』四月)、「敵討《かたきうち》以上」(『人間』同)、「義民甚兵衛」(『中央公論』七月)、「祝盃」(『電気と文芸』九月)などの諸作品が発表された。このほか、単行本として、『冷眼』(春陽堂、一月)、『文芸往来』(アルス、六月)を出版した。『文芸往来』はかれの発表したはじめての評論・随筆集である。

ところで、この大正九年は文壇的にはまず小説家として出発した寛があらたに戯曲家として世の注目を浴びた年として記憶に価する。三月に守田勘弥のひきいる文芸座の第一回公演として、まず「敵討以上」が帝劇で上演されたのであるが、十月になってかれの旧作「父帰る」が市川猿之助の春秋座第一回公演として新富座で上演され、大成功を博するに及んで、戯曲家としての寛に一躍脚光が浴びせられたのであった。この前後の一般的な事情を知るために、ふたたび江口渙の『わが文学半生記』から引用してみたい。

「一九一七年から一九一八年が芥川龍之介や菊池寛や久米正雄を文壇におくり出した時代ならば二〇年から二一年は(大正九〜十年)菊池寛や久米正雄や、山本有三の戯曲や、あるいは小説の脚色されたものが、つぎつぎと大劇場の舞台におくり出された年である。

時代はまさに第一次大戦が連合国の勝利におわって、日本資本主義は英仏への軍需品の売り込みで空前の大景気を出したときであり、そのあおりをくって東京の大劇場はフタを開ければかならず満員といっていいほどの盛況つづきだった。したがって新しい脚本に対する要求もまたはなはだ活発だった。その波にのって、これらの新進作家の戯曲は、あとからあとからと舞台にかけられていったのである。」

流行作家となる

寛が戯曲家として脚光を浴びた大正九年は、またかれがはじめての通俗小説に手をつけた年でもあった。この年の六月から、かれは『大阪毎日』、『東京日日』両紙の朝刊に長編小説「真珠夫人」の連載をはじめていた。この小説は十二月まで連載され、その前半が『真珠夫人 前編』という単行本となって十一月に刊行された。これはかれの書いた、いわゆる通俗小説の最初のものである。第一次世界大戦後の成金景気という世相を背景に、清貧孤高を持する政治家の父を救うため、みずからの恋を犠牲にして卑しい成金の後妻になった、知性豊かな美貌の一女性を描いたこの小説は一般読者の圧倒的な人気を呼び、連載の終わる前の十月に早くも新派劇に仕立てられて上演されたほどであった。

この作品がこのような爆発的な人気を呼んだのは、それが通俗小説と言いながらも、その当時の新聞連載小説が陥っていたマンネリズムを破り、登場人物や事件の展開に生き生きとした現代性を盛り込んだという点にあると考えられる。この一作によって寛は文壇中心の限られた読者ばかりでなく、一挙に一般大衆を自分の読者に引きつけることに成功したのであった。この結果、かれは当然一般ジャーナリズムの寵児《ちょうじ》的存在になり、婦人雑誌や大衆雑誌からの矢つぎばやの注文に接することになった。芥川らとならび純文学作家として、出発した寛にとって、これは一つの大きな転換だったといわなければならない。

しかし、かれ自身としては、はじめから純文学という窮屈な枠《わく》にとらわれる必要は全く感じていなかったのである。寛はこういっている。

「私は文壇に出て数年ならざるに早くも通俗小説を書き始めた。私は、元から純文学で終始しようと云う気など全然なかった。私は、小説を書くことは生活のためであった。青少年時代を貧苦の中に育ち、三男ではあるが没落せんとする家を何うにかしなければならぬ責任があった。第一生家のわずかな土地家屋が抵当になっていたから、そうした借金も返さねばならなかったから、金になる仕事は、なんでもする気だった。」（「続・半自叙伝」）

これが寛の人生観であり、同時に文学観であった。当然、芸術至上主義的な考え方と対立するものである。そういったかれの文学態度は、大正九年三月の『文章世界』に発表された「芸術と天分―作家凡庸主義」という文章によってもうかがうことができる。この中でかれは次のようにいっているのである。

「変った感覚や突飛な感情や、数奇な生活などが作品の題材として珍重された時代は過ぎかけて居る。芸術は、平凡人が平凡に観、平凡に生活した記録であって一向差支えがない。平凡な一般の読者に取って、一番心を動かすものは、自分と同じく平凡な人間の姿ではあるまいか。」

これにたいしては作家の芸術的天分を尊重する里見弴《とん》から反論が起こり、それにたいして寛がふたたび反論を加えるという論争の形に発展した。この論争を通じて明らかにされた寛の考えは、文学というものは、その性質上選ばれた少数者の占有物ではあり得ないのだということである。こういった文学観をもっていたかれとしては、通俗小説を書くということに特別な抵抗感を感じる必要はすこしもなかったのである。

「真珠夫人」の成功によって寛は単なる文壇的な存在から、流行作家として広く社会的に認められる存在へと浮かびあがった。これと平行して見のがせないのはかれが文学者としての地位を固めるとともに、それまでとかく小グループにわかれて、孤立しがちだった文壇の人々の社会的な地位を、向上させるための事業に関心を持ち出したことである。

同じ大正九年の五月、寛は小山内薫・久米正雄・山本有三らと「劇作家協会」を結成している。これは劇作家の権利擁護と相互扶助を目的としたものであるが、これは翌十年の七月に同じくかれが徳田秋声、加能作次郎らと計って創設した「小説家協会」とともに、今日の「文芸家協会」の母体となり、作家の著作権・生活権を確保するために重要な貢献をしているのである。これ以後も、寛はこうした社会的意義をもった事業に積極的に取り組んで行くようになって行った。

大正十年、三十四歳を迎えた寛は一月に、私小説「啓吉の誘惑」、*杉田玄白の『蘭学事始』に取材した「蘭学事始」、絵入りの通俗小説を書き出した主人公の小説家をとがめる妻を描いた「妻の非難」などを書き、二月には文壇の勢力争いの一端をヤクザの世界におき換えて描いた「入れ札」、三月には「島原心中」、四月には「乱世」といった純文学の面での仕事を進める一方、五月からは婦女界社の新雑誌『母の友』に二度目の通俗長編小説「慈悲心鳥」の連載をはじめた。かれはこの「慈悲心鳥」以後、婦女界社と特別な関係を結び、多くの通俗小説をこの雑誌に連載した。

こうして「真珠夫人」以後大正末ごろまでの寛は純文学・戯曲、通俗長編小説という三つの面での仕事を平行して押し進めていくことになる。純文学の面でとくに注目してよいのは、初期の作品からはっきりとあ

＊「蘭学事始」　「蘭東事始」ともいわれる。杉田玄白が文化十二年（一八一五）、八十三歳のときに、蘭学創始前後の事情を、随筆風に書きつづった書物。

とづけられる二つの系列、すなわち、「啓吉物」と一口に呼ばれる一連の私小説（これは主人公が啓吉という名で表わされる場合が多いので、そう呼ばれている。）と、歴史的逸話を材料にしたいわゆる「歴史物」であろう。「啓吉の誘惑」などで代表される前者は、つきはなして観察した自己を淡々と、かざり気なく描く作者の冷静な人生態度がユニークな私小説の世界を開拓した。また「忠直卿行状記」などで代表される後者では、歴史的人物や逸話に作者の明快な人間的解釈をあてはめるという独自な手法を発展させたのである。

大正十一年の三月から八月にかけて、寛は『大阪毎日』と『東京日日』にふたたび長編の筆をとり、「火華」を連載した。この作品は労働者と資本家の闘争から発する火花を描いたもので、かれの社会的正義観に裏打ちされた小説である。この前後における日本では、一九一七（大正六）年のロシア革命に触発されたプロレタリア革命の運動がにわかに高まりを見せ、この年の四月には日本農民組合が、七月には日本共産党が、それぞれ結成されている。文壇においても前年に『種蒔く人』が発刊され、プロレタリヤ文学の運動が高まりを見せていた。「宣言一つ」を書いた白樺派の作家有島武郎が北海道の狩太《かりぶと》農場を解放したのも、この年の八月のことである。

寛としても、こうした社会情勢と無縁に作家活動を続けることはできなかったのである。かれは世の中が社会主義化することは避けられないことだとして社会主義的な考えを是認したが、それはイデオロギーの立場からというよりは、素朴な道徳的正義観にもとづいたものであった。そのためプロレタリヤ文学が主張する階級芸術の理論を是認することはできなかった。この年の五月にかれが発表した「芸術本体《プロパー》に階級なし」

（『新潮』）という一文は、「文芸の芸術的部分は階級と関係なしに、一定不変である」というかれの芸術観を主張したもので、当時激しく行なわれていた階級芸術論争にひとつの波紋を投げかけた。

このころから流行作家となった寛のまわりには、かれを慕う新進作家や文学青年たちが集まるようになっていたが、同時にかれに反発する人たちからの風当たりも、ようやく激しくなって来た観があった。この年かれは小石川林町の二階家を一軒借りて移り住んだ。

『文芸春秋』を創刊する

大正十二年一月、寛の編集になる個人雑誌『文芸春秋』が発行された。本文わずか二十八ページ、定価十銭であった。表紙上部に「月刊　文芸春秋」と読める木版の題字、その下にいきなり目次が刷り込んであるという毛色の変わった装丁であった。しかも第一ページの芥川龍之介の「侏儒の言葉」から巻末の編集後記に至るまでぎっしり詰まった四段組であった。（この形式は、今日の『文芸春秋』巻頭の随筆欄にも引き続き継承されている。）発行所は東京小石川区林町十九番地、文芸春秋社で、発行兼印刷人菊池寛の住所と同じである。

「私は頼まれて物を云うことに飽いた。自分で、考えていることを、読者や編集者に気兼ねなしに、自由な心持で云って見たい。友人にも

小石川林町時代の寛の一家

『文芸春秋』創刊号の表紙

私と同感の人々が多いだろう。又、私が知っている若い人達には、物が云いたくて、ウズウズしている人が多い。一には、自分のため、一には他のため、この小雑誌を出すことにした。」

「創刊の辞」に寛はこう記した。簡明率直な動機である。創刊号の執筆者は寛のほか、芥川龍之介、今東光、川端康成、横光利一、佐々木味津三、直木三十五（当時は「三十二」といっていた）、小島政二郎ら合計十九名であった。芥川や寛を除けば、当時はほとんど無名か、無名に近い新人ばかりである。第六次『新思潮』発刊のあいさつのため、二十二歳の学生時代にはじめて中富坂町の寛を訪《たず》ね、それが縁で『文芸春秋』の同人ともなった川端康成は、『文芸春秋』発刊当時を次のように回想している。

「『真珠夫人』『慈悲心鳥』などの長編小説は、すでに中富坂時代に書かれたが、次の小石川林町の家は、『文芸春秋』の誕生地として思い出される。私達『新思潮』同人、佐々木味津三君等の『蜘蛛』同人、そこへ横光利一君、中河与一君等が加わり、それらを編集同人として、大正十二年一月に創刊された僅か二十八頁の雑文雑誌が、今の『文芸春秋』の前身である。そのような雑誌を出してもよいとの菊池氏の意中を私に先ず伝えたのは今東光君であり、私は直ぐ今君と二人で菊池氏の家へ下相談を承りに行ったものであった。」（「菊池寛氏の家と文芸春秋社の十年間」）

三千部刷った創刊号はたちまち売り切れてしまったばかりか、直接購読申込みが百五十余名に達し、中には三年分の誌代を送って来たファンもいた。大家新人を全く区別せぬユニークな編集方針が人目を引いたこともあったが、その価格が低廉であった点も見逃がせない。当時の物価は、『新潮』が八十銭、大衆たばこであるゴールデンバットが六銭、銭湯が五銭、うどんかけが八銭から十銭であったというから定価十銭が雑誌の値段としていかに型破りであったかがわかる。

好評なのに気をよくした寛は第二号から表紙に、「菊池寛編集」の五文字を大きく入れ、部数も四千にふやした。この号では十四人の編集同人の氏名が発表され、同人雑誌の体をなしたが、実質は寛の個人雑誌であるのと大差なかった。その同人の一人でもあり、『菊池寛伝』の著者でもある鈴木氏享は当時の編集のあり方について次のようにいっている。

「二月号の執筆者は二十九名、その中には江口渙、津田光造氏等のプロレタリヤ作家も執筆している。これは菊池氏の大きな抱容力の現われにしか過ぎないが、ブルジョア作家とプロレタリヤ作家が同じ雑誌で互に鎬《しのぎ》を削っている光景は他誌に見られない展望であった。『文芸春秋』が人気を呼んだのも、一つには呉越同舟の編集法も多分に原因していると云っていい。」

「芸術プロパーに階級なし」などと主張していた当時の寛がプロレタリヤ派からブルジョア作家と目されていたことは事実であるし、『文芸春秋』の発刊それ自体がプロレタリヤ文学にたいする対抗的姿勢を示すものであったとみるのもまた常識である。ただ寛が単純なプロレタリヤ嫌いでなかったことは右の文章にも述べられているとおりである。当時プロレタリヤ運動の先頭に立っていた江口渙は、何でもよいから書けという寛の要請にこたえて、「斬捨御免」と題する文章を二号に載せ、文壇の大家たちを無遠慮にこきおろしたが、これがかえってジャーナリズムにセンセーションを巻き起こし、同誌の人気向上に一役買ったほどである。

勢いに乗った『文芸春秋』は第三号は五十六ページに増ページして六千部、四号は一万部という大増刷を敢行し、九月号までずっとその部数を保持した。文芸雑誌としては類例のない発行高であった。五月号は特別創作号とし十二編の短編小説をのせたがその中のひとつ「蠅」は作者横光利一の出世作となった。六月号では「地方講演部」なる企画が発表された。注文に応じて文芸講演に出向くというものだが、同人たちを文壇での経歴に応じて数組みに分け、それぞれ別な料金を決めている。さらに八月号誌上では、創刊号以来の詳細な収支計算表が発表されたが、自分の雑誌の損益まで誌上で公けにするなどということは前代未聞であった。そうした型やぶりな編集方針が一層人気をあおることになったのである。

『文芸春秋』経営や編集をめぐってのこういったジャーナリスティックな寛の言動は、読者に親しみをもたせる一方、芸術家にもあるまじき商売根性といったそしりを招く原因にもなった。

大正十二年七月、寛は駒込神明町三一七番地に移転した。雑誌の事業が拡大するにつれて林町の借家が手狭になったためである。新しい家はコンクリート塀に囲まれ、二階建の母屋《おもや》に洋館付きという堂々たる家であった。文芸春秋社もむろん寛のからだといっしょにそこへ移ったのである。

関東大震災に会う

大正十二年九月一日の午前十一時五十八分、東京地方は古今未曾有の大地震に見舞われた。あまりの激震に中央気象台の地震計の針はすべて飛んでしまい、測定できなかった。かろうじて残った東京帝大の二倍地震計が本郷台での最大震幅八八・六ミリメートルを記録したという。被害は震源地（相模湾）に近い湘南地方を中心に、一府八県に及び、死者合計九万、負傷者十万、家屋の全壊一万四千戸、東京市内だけでも死者五万八千人、家屋焼失三十万戸に達したという。いわゆる関東大震災がこれである。ちょうど昼食時にあたり、各家庭が炊事用の火を使っていたため、家屋の倒壊とともに多数の火災が発生し、被害が倍加されたのであった。

東京では山の手は最少限の被害にとどまったが、埋立地である下町方面の被害は甚大《じんだい》で、その惨状は目を覆《おお》うばかりであった。火は三日間にわたって燃え続け、東京を中心とする一切の交通通信機関は一週間近く杜絶した。郊外へ通じるあらゆる道路は東京を逃がれ出ようとする被害者の列で埋まった。こうした混乱のさ中に朝鮮人が暴動を企てているというデマがまことしやかに伝えられ、それを信じこんだ民衆が自警団を組織し、各所で朝鮮人を襲撃するという異常な事態が発生した。

災害発生後のこうした暗い事件をふくめ、関東大震災が人心に与えた影響は大きかった。文学者たちの受けた衝撃も深刻だった。比較的冷静だったといわれる芥川龍之介でさえ、次のように語っている。

「災害の大きかつただけにこんどの大地震は、我我作家の心にも大きな動揺を与へた。我我ははげしい愛や、憎しみや憐みや、不安を経験した。在来、我我のとりあつかつた人間の心理は、どちらかといへば、デリケエトなものである。それへ今度はもつと線の太い感情の曲線をゑがいたものが新に加はるやうになるかも知れない。」（「震災の文芸に与ふる影響」）

寛の受けた心の動揺も一通りではなかった。折角好調に発展して来た『文芸春秋』は刷りあがった九月号が、印刷所もろとも灰になってしまっていた。しかし、寛の心はそんなことよりも人生にたいする根本的な不安で満たされてしまったのである。震災直後には真剣に大阪への移住を考えたほどであった。かれは、パンを求めること以外のすべての人間の営みが、ただ贅沢《ぜいたく》としか思えないような震災時の極限状況を体験したことによって、文学や芸術の無力性を意識する一方、人の「財産や位置や伝統」を破壊した震災の中に、一種の「社会革命」的な意義をさえ見いだした。

「……とにかくにも、自分の食うだけのものは、自分で作ると云うことが、一番大切な仕事であると云うことが、よく分った。自分の食う物を自分で作るものは、一番強い人間だと思った。そんな意味で、人生に於て一番よい、一番強い仕事は百姓だ、私は今更ながら、武者小路氏*の生活を思わずには居られない。」（「災後雑感」）

＊ 雑誌『白樺』同人の武者小路実篤は、調和的な共同体の建設という理想を抱き、大正七年に九州宮崎県に「新しい村」を建設した。そこでの生活を指している。

文学への信頼を失ったかれはこういっている。しかし、復興への機運は意外に早くめばえ、人々も一時の興奮からさめて冷静をとりもどしはじめると、あわてて東京を脱出しようとした寛の早計な悲観論を新聞紙上などでわらう者がでて来た。寛は「落ちざるを恥ず」という文章を発表してこれに応じた。震災当時、浮華な文筆生活を捨てて、武者小路実篤のような俯仰《ふぎょう》天地に恥じない、自給自足の生活にはいろうとしたことは、自分の「発菩提心《ほつぼだいしん》」であり、その心を起こしたことはけっして恥じていない。むしろ種々な事情でそれを実行できず、もとどおりの「苟安《こうあん》な文筆生活に入りかけている自分を恥じている」のだというのがその内容である。この中でかれのいっている種々な事情というのは、かれの妻の産期が近かったことや、かれを取りまく人達の間に『文芸春秋』を復刊しようとする機運が高まって来ていたことなどである。

こうして『文芸春秋』は大震災によって二か月休刊したのち、その十一月に第九号を発行した。定価のほうはさすがに十銭を維持するわけにはいかず、いっきょに二十銭ほどの値上げとなった。この号の編集は田端の室生《むろう》犀星《さいせい》の家で行なわれた。借りていた駒込神明町の家は、被災した家主が移って来たので、地震を逃れ、郷里の金沢に帰っていた室生犀星の留守宅を一時的に借りて住んでいたのである。十月十二日、長男英《ひで》樹《き》が生まれた。その年の暮れ、寛は雑司ケ谷の金山にあったドイツ文学者新関良三の持ち家を買い取ってそこに移った。山本有三はこの当時の事情を次のように伝えている。

「……これが菊池の最初に持った自分の家である。のちに、金山御殿などと騒がれたが、御殿などというような造りの家ではない。門がまえの、ちょっとした二階だてのうちで、けっしてけば〱しい構えのものではなかった。神明町の百二十円の家とは、くらべ物にならないのである。新関が住んでいたころには、なんともいわれなかったのに、その同じ家が、菊池が住むと、たちまち御殿にされてしまうのだ。菊池にたいする世間？の口というものはこういった調子のものがすくなくないようだ。」（文芸春秋社刊『菊池寛文学全集』第一巻月報）

十二月号をふたたび休刊し、翌大正十三年、第二年目を迎えた『文芸春秋』は、新年特別号を一万七千部発行するという好調な再スタートを切り、五月号は博文館印刷所の火事と、それに続くストライキのために休刊を余儀なくされたが、六月号までに二万二千部に上昇した。七月号の誌上では、文芸春秋社最初の事業として『文芸講座』の刊行が発表された。これは、徳田秋声・芥川龍之介・久米正雄・山本有三、それに寛を加えた五人が責任講師となり、同年九月から六か月間、毎月二回配本し、会費として一か月一円二十銭を徴収するという形の、文芸教育普及を目的とした企画であった。この寛の創案した「文芸講座」という名称は読者に新鮮な感じを与え、大いに当たった。これ以後、「何々講座」と名乗る出版物が大流行したが、こういったところにもジャーナリストとしての寛の天才ぶりが感じられる。

作家としての仕事の方も、震災後の二、三か月の混乱期をのぞき精力的に続けられた。大正十二年には短編「肉親」、同じく「従妹」を発表したほか、通俗長編「新珠」を『婦女界』に連載した。また十三年には「真似《まね》」、「浦の苫屋《とまや》」、「丸橋忠弥」、「時の氏神」などの戯曲や、長編新聞小説「陸の人魚」の連載を行なった。

大正十三年の十一月、まだ三十七歳という若さの寛が突然激しい狭心症の発作《ほっさ》に見舞われた。このとき死を覚悟したかれは、僚友《りょうゆう》芥川にあて業なかばの「文芸講座」のことなど、後事を託する旨の遺書を書いた。さいわいにしてことなきを得たが、これ以後、寛はこの発作の再発に脅《おびや》かされるようになった。このことは、同時にかれの心の中に、いつ死んでもよいという、恬淡《てんたん》とした人生態度を植えつけるもとにもなった。晩年のかれは新年を迎えるたびに遺書を書いて死にそなえていたという。

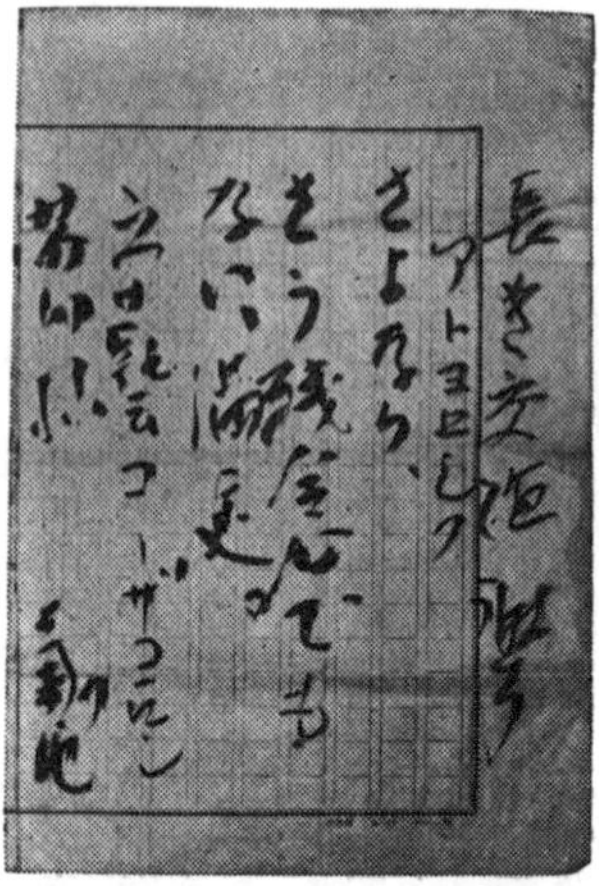

芥川龍之介あての寛の遺書

大正十四、五の両年は、爆発的に発展する『文芸春秋』を背景にジャーナリストとしての寛の姿が大きく社会的に浮かびあがった時期である。十四年の新年号の発行部数が二万六千部であったのにたいし、十五年の新年号がなんと十二万部であったという点をみても、この雑誌の驚異的な伸

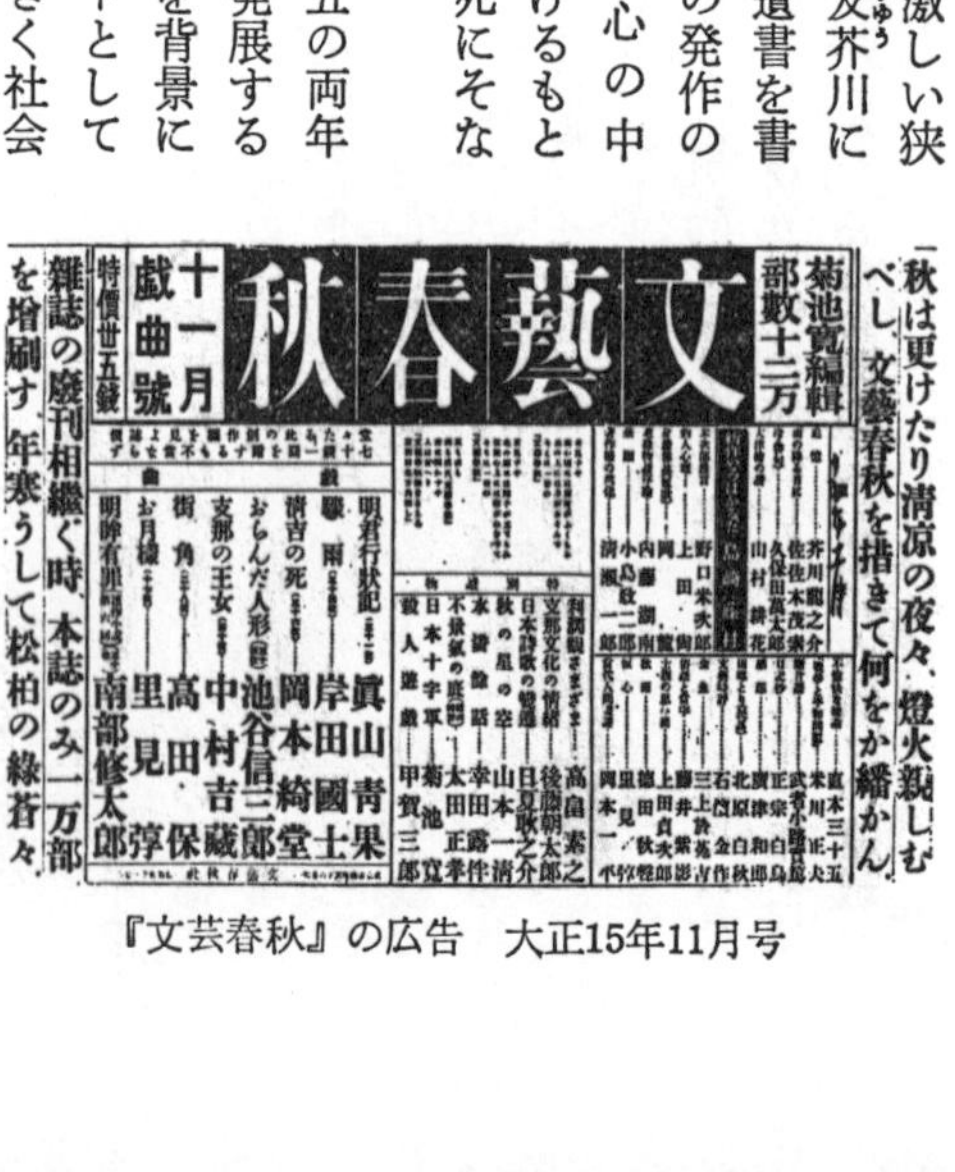

『文芸春秋』の広告　大正15年11月号

長ぶりがうかがわれよう。

大正十五年の六月、文芸春秋社は麴町区下六番町の旧有島武郎邸を借りて社屋にし、はじめて菊池家と分離、同時に発売元もそれまでの春陽堂から同社に移した。社業も活発になり、四月からは新潮社から受けついだ『演劇新潮』を、七月からは『映画時代』を刊行しはじめる一方、『小学生全集』の編集にも着手した。これらの企画にあたり、つねに寛が陣頭指揮をとったことはいうまでもない。同年十一月文芸春秋社は、当時の新聞紙法にもとづいて政府に保証金をおさめ、政治記事掲載の許可を得た。これまでの文芸雑誌から総合雑誌にむかっての第一歩を踏み出したのである。

五、文壇の大御所

衆議院議員に立候補

大正十五年の十二月、大正天皇の崩御により、年号は昭和と改元された。ジャーナリストとしての寛の才能は、総合雑誌編集というより広い活動の場を得て、いよいよその真価を発揮した。なかでも、かれが創案した「座談会」は特筆に価する。「座談会」という形式は、今日でこそ新聞、テレビなどでごく普通に行なわれているが、これを創案したのは寛である。昭和二年の二月に、芥川龍之介・山本有三、それに菊池寛の三人が徳富蘇峰を主賓に迎えて話をきく、という形の初の「座談会」が芝の晩翠軒で催され、その記事が翌三月号に掲載された。「座談会」はこれ以後『文芸春秋』独特の記事として毎号登場し、他誌もながらくこれを同誌の専売物として模倣《もほう》することを避けたという。

この年の七月二十四日、突如芥川龍之介がみずからの命を絶った。第三、四次の『新思潮』以来、久米正雄とともに文壇における寛の無二の僚友であった芥川の死は、かれに大きな衝撃を与えずにはいなかった。芥川とはその五月に行なわれた二つの座談会で連続して顔を合わせたのだが、他人が同席していたこともあってゆっくり話す機会をもてなかった。それが寛にとってもっとも心残りなことであった。

「……万世橋の瓢亭《ひょうてい》で、座談会があつたとき、私が自動車に乗らうとしたとき、彼はチラリと僕の方を見たがその眼には異様な光があつた。あゝ、芥川は僕と話したいのだなと思つたが、もう車がうごき出してゐたので、そのまゝになつてしまつた。（中略）

死後に分つたことだが、彼は七月の初旬に二度も、文芸春秋社を訪ねてくれたのだ。二度とも、僕はゐなかつた。これも後で分つたことだが、一度などは芥川はぼんやり応接室にしばらく腰かけてゐたと云ふ。しかも、当時社員の誰人も、僕に芥川が来訪したことを知らしてくれないのだ。僕は、芥川が僕の不在中に来たときは、その翌日には、きつと彼を訪ねることにしてゐたのだが、芥川の来訪を全然知らなかつた僕は、忙がしさに取りまぎれて、到頭彼を訪ねなかつたのである。」（「芥川の事ども」）

昭和2年、東北地方講演旅行の折（左より、寛、川端康成、片岡鉄兵、横光利一、池谷信三郎）

九月号の『文芸春秋』が特集した「芥川龍之介追悼号」に寛はこう書いている。

寛はこの年の九月、当時竣工《しゅんこう》したばかりの麴町区内幸町、大阪ビル二階に文芸春秋社を移転させた。移転のおもな理由は、経費を削減するためと、有島邸の構造関係で、社員がやたらと将棋などに熱中し、仕事をなまけるので、それを引き締めるためであった。『文芸春秋』自体は相変わらず隆々たる勢いを示していたのだが、新潮社から受けついだ『演劇新潮』が振るわず、新劇協会への援助による負担もかさんでいた。さらにこの年の三月渡辺銀行倒産にはじまり、五月まで続いた金融恐慌のために、かなりの社会不安が存在していたことも寛の経費削減計画の根拠であった。文芸春秋社は四方八方に大きく事業の手を伸ばしはしたが、元来が寛の個人経営であったから、社員の気風も一般の会社員のそれとはちがって、いつまでも小石川林町の借家時代の雰囲気が抜けず、とかくルーズに傾きがちであった。社員の出勤時間は決まっておらず、中には午後の五時ごろになって出勤してくる者もあったという。しかし、これは社員の責任というよりも、寛自身ののんきな性格が反映したものと考えたほうがよさそうである。

翌昭和三年は、日本で最初の普通選挙が実施された年である。投票日は二月十日と公布された。この選挙に寛が安部磯雄を党首とする無産政党、社会民衆党の公認を受けて立候補することが決まった。かれとしては代議士になろうという野心はべつになかったのだが、社会民衆党からの再三の勧誘に会い、意を決したのである。昭和にはいったころからの寛はほとんど通俗小説一本やりに進み、大衆に名を知られる一方、大総合雑誌『文芸春秋』の編集者としていろいろなゴシップにさらされながらも、社会的名士としての地位をほしいままにするようになっていた。したがって政党の側としても、これ以上信頼のおける候補者は考えられなかったにちがいない。

こうして、東京第一区（麹町・牛込、四谷・芝・麻布、赤坂）から立候補した寛は、結局五千六百八十二票を獲得し、惜しくも次点で落選した。選挙参謀格の山本有三をはじめ、選挙事務に当たったものが政治には素人の文壇人ばかりであったことから考えれば、相当の善戦だったといえる。寛は四月号の『文芸春秋』に

「敗戦記」なる一文をのせ、落選の原因が、選挙運動に立ち遅れたことと、多くの大新聞がかれの立候補を不当に揶揄《やゆ》、冷笑したことの二つにあったことを指摘している。ことに第二の点については強い不満を表明した。「自他ともにブルジョア作家を以て許した男、無産階級の代表として乗り出す」と書いた朝日、「局面転換としては自殺よりは人間味がある」と皮肉った読売、また落選後、「菊池寛氏五千票を得、とにかく五千部の印税裏書を得たわけ、損はなかろう」とからかった国民新聞などの態度をかれは激しい口調で難じ、

「自分が社会民衆党の候補者としての適不適は、しばらく置き、大局から見て、既成政党の候補者よりも、自分を応援してくれる方が、無産政党びいきを標榜《ひょうぼう》する新聞社の当然の態度ではないかしら。」

と逆襲している。

同年五月、寛は自分の個人経営でやってきた文芸春秋社を株式会社とするための手続きを行なった。取締役社長は菊池寛、取締役は久米正雄ほか三名であった。ともすれば寛個人の経済とゴッチャになりがちであった文芸春秋社の経営は、こうして事業体としての基礎がかためられ、寛も煩瑣《はんさ》な経営の労から一応解放されることになった。

株式会社となった文芸春秋社は昭和四年に寛の企画した「実話」の募集作品が検閲当局の忌諱《きい》に触れて、十月号の『文芸春秋』が発売禁止処分を受けるという難をうけた。

しかし事業は着々と拡大して行った。五年の七月と十一月には『文芸春秋』の臨時増刊として『オール読

物号』を出したが、予想外の好評だったので翌六年の四月から独立の月刊雑誌として出発させることになった。昭和六年八月以降の『文芸春秋』に連載された有名な「話の屑籠《くずかご》」は、この臨時増刊『オール読物号』に載せたのが最初であった。最初の二、三回はかれの好きな歴史の逸話語りといった内容であったが、『文芸春秋』へ移ってからは社会問題や、身辺の雑事を明快で、かざりけのないかれ独自の文章でつづるといったものに代わり、長く読者の支持を得た。

芥川賞・直木賞を設定

昭和六年前後からの日本は、急速に暗いファシズムの時代へむかって突き進んで行った。まず六年の九月に満州事変が勃発すると、翌七年一月には上海事変、二月には前蔵相井上準之助の暗殺、三月には財界の巨頭団琢磨《だんたくま》の暗殺、さらに五月には青年将校らによる犬養《いぬかい》首相の殺害（いわゆる五・一五事件）といった一連の血なまぐさい事件が起こり、軍部や右翼の勢力が大きく台頭して来たのである。経済的にも昭和四（一八二九）年十月のニューヨーク株式市場の大暴落に端を発した世界恐慌の波が容赦なく日本にも押し寄せ、深刻な不況に陥っていた。相次ぐ工場閉鎖の結果、失業者は巷間にあふれ、大学を出てもおいそれと就職口が見つからないというありさまであった。

こうした中にあって、『文芸春秋』は昭和七年に創刊十周年を迎えた。その新年特別号の「話の屑籠」に寛は次のように書いた。

「最初は趣味で道楽で始めたことが、今ではビジネスになり、原稿も最初は書きたいことだけを書くことにして置いたのが、今では毎月ゼヒ書かねばならなくなったし、社員四、五十名の生活を負担しているから、経営の苦心もしなければならず、社員に仕事を与えるために、始める新雑誌がうまく行かなかったり、創刊当時に比べては煩わしいことが多くなった。」

また自分自身の健康状態にもふれて、

「自分は、七、八年前から、自分の健康状態から、五十で死ぬつもりで、生活して来たが、この頃は心配していた心臓もよくなったので、五十以上に生きのびるかも知れない。しかし、五十位で死ねば、いゝと思っている。」

と書いている。寛はこの年四十四歳であった。個人経営の小さな文芸雑誌として出発した『文芸春秋』が、総合雑誌として発展するに至った十年を顧みれば、おのずから感慨あらたなものがあったにちがいない。その『文芸春秋』とともに、寛自身もまた大きな変貌を遂げていた。今や単なる流行作家ではなく、ジャーナリストでもあり、経営者でもあり、社会事業家でもあり、また何よりも社会的な名士であった。とかく文壇という特殊な社会の中に閉じこもりがちだったそれまでの文学者の中にあって、こうした寛の存在はまったく型やぶりであった。

当時の寛の生活は、午前中にたいていその日の執筆の仕事や訪問客の応接をすませ、夕方ちかく自家用車で出社し、雑誌編集の監督にあたるという順序であったが、その合い間には将棋をはじめ、碁・麻雀《マージャン》、釣、競馬、ダンスといったあらゆる道楽ごとに熱中したという。少年時代から、金ゆえに夢や楽しみを奪われるという貧乏の悲哀をなめて育った寛は、社会的な地位があがり、経済的な余裕ができてくるにつれて、したいと思うことは遠慮なく実行するという現実主義的な哲学の実践家になっていた。しかし、こうしたかれの生活振りは世間からさまざまな中傷や誤解を招く原因にもなった。したがって、一方にはかれの人柄をしたう人や、かれの勢力を利用しようとする人たちがおり、また一方にはそうしたかれの存在に強く反発する人たちもいるといった状態であった。こうしていつのころからか、かれには毀誉褒貶《きよほうへん》、両用の意味が込められた「文壇の大御所」なる称号が与えられていた。

しかし寛には自分の築いた地位や、経済力を自分自身の利益や欲望を満たすために占有するといったような狭量な考えはなかった。かれは自分を頼ってくる貧しい文学志望者や、困っている社員にたいする個人的な援助はもとより、社会的意義をもったいろいろな事業にも金銭的な投資を惜しまなかった。昭和八年の五月には文芸春秋社初の公募による入社試験を行ない、予定よりも三人多い六人を採用したが、寛はこれについて次のようにいっている。

「社がどうにかやっている以上、少しでも多くの人を使うことは、一つの社会的責任だと思ったからである。大学を出て三、四年もブラ〱しているなんて、その人の心事を考えただけでも、憂欝

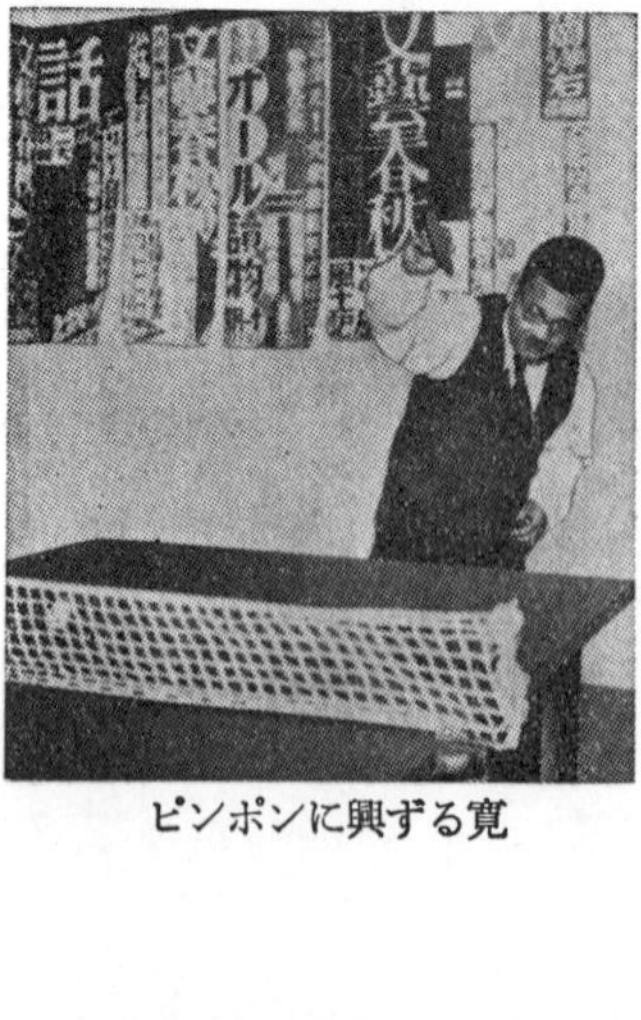
ピンポンに興ずる寛

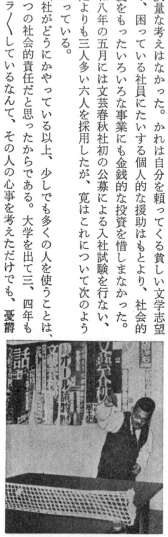

直木三十五

になる。食うに困る人、働きたくっても仕事のない人が多いなど云うことは、ハッキリと社会的欠陥を現わしていると思う。」(「話の屑籠」)

こういったところにも、「大御所」という地位にたったかれの社会的な正義感や責任感が十分にうかがわれるのである。

昭和十年二月号の『文芸春秋』は、「芥川・直木賞制定宣言」を発表した。この宣言の趣旨は、芥川龍之介・直木三十五両物故作家を記念するため、毎年二回新聞や雑誌に発表された無名、もしくは新進作家の創作中もっとも優秀なものに「芥川龍之介賞」または「直木三十五賞」を贈り、もって文運隆盛の一助にしたい、というものである。芥川と寛の関係についてはもはや説明を要しないが、前年の二月に死んだ直木三十五と寛との関係もそれにおとらず近しいものであった。初期文芸春秋の同人の一人でもあった直木は、創刊以来の同誌に軽妙な文壇ゴシップや辛辣《しんらつ》な六号記事を書き、のち「由比根元大殺記」や「南国太平記」といった大衆小説によって作家としての地位を確立した人である。風変わりな性格をもった奇人で、文芸春秋社とは社友という関係にあり、寛にとっては無二の碁がたき、将棋がたきであった。「直木三十五追悼号」として出された昭和九年四月号の『文芸春秋』で、寛はこの直木を記念するため、大衆文芸の新進作家を対象に直木賞金というものを、同時に純文学の新進作家にたいして芥川賞金といったものを作りたいという希望を洩らした。「芥川・直木賞宣言」はそれが具体化されたものである。

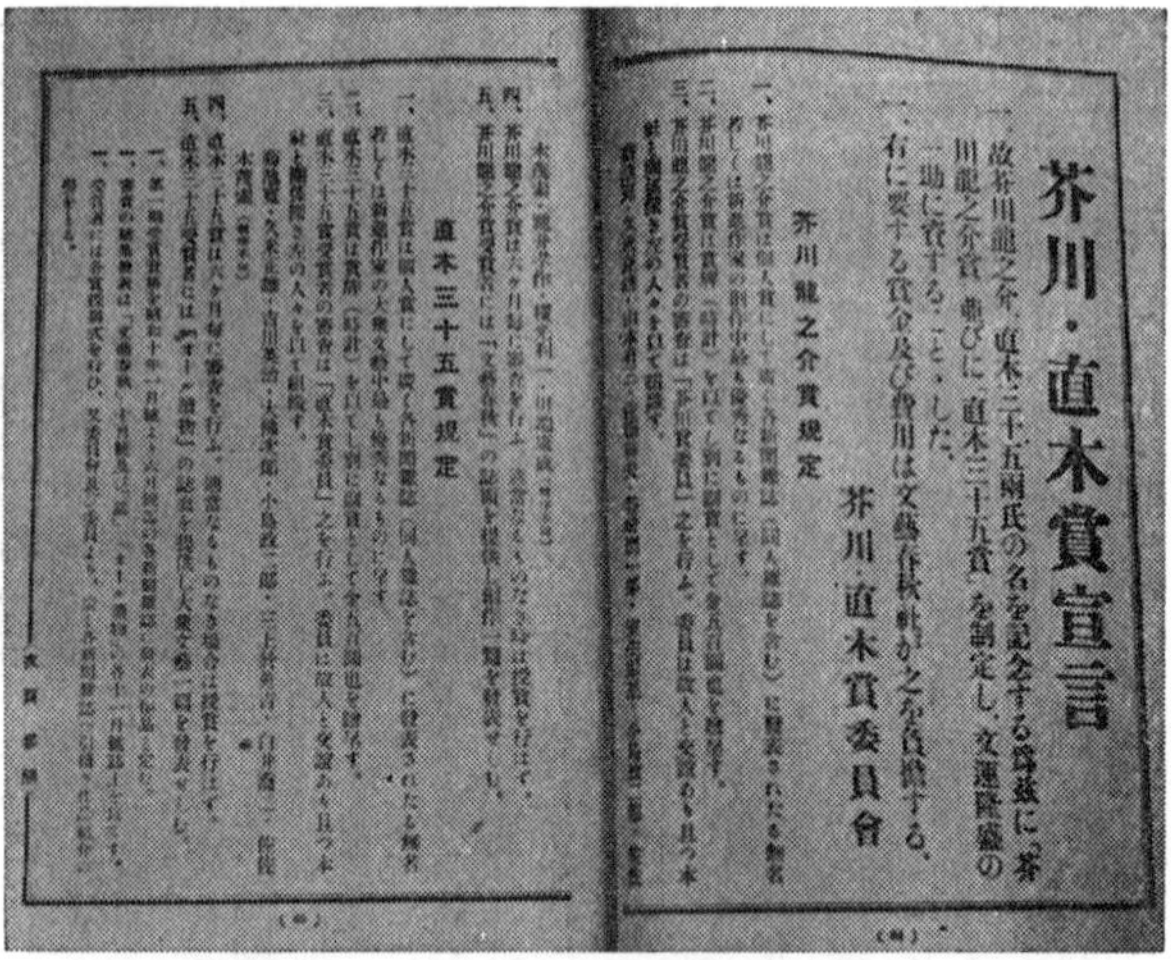

芥川・直木賞宣言

一、故芥川龍之介、直木三十五両氏の名を記念する為茲に「芥川龍之介賞」並びに「直木三十五賞」を制定し、文運隆盛の一助に資することゝした。

一、右に要する賞金及び費用は文藝春秋社が之を負擔する。

芥川・直木賞委員会

芥川龍之介賞規定

直木三十五賞規定

「芥川・直木賞」制定宣言（『文芸春秋』昭和10年2月号）

両賞のうち「直木賞」のほうには、とくに「大衆文芸」における優秀作品と断わり書きがあり、細目にも「題材の時代や性質（現代小説・ユーモア小説等）その他に、何等制限なき意味である」と補足されている。これにたいして「芥川賞」の方は単に「戯曲をも含む」創作となっているだけだか、これがいわゆる純文学の作品を対象としたものであることはいうまでもない。両賞の審査は故人と交誼があり、かつ文芸春秋社と関係の深い人々によって構成される委員会が行ない、受賞者にはそれぞれ賞牌（時計）のほか、副賞として金五百円が贈られることも規定されている。

賞金はあまり高額にすると、社が苦しくなって賞そのものが長続きしないおそれがあるので五百円におさえた、と寛はいっている。第一回の両賞受賞者の発表はこの年九月号の『文芸春秋』で行なわれ、「蒼氓《そうぼう》」の石川達三に芥川賞が、「鶴八鶴次郎」の川口松太郎に直木賞が、それぞれ贈られた。この二つの賞は、以来今日に至るまで三十年あまりにわたり、多数の新進作家を世に送りだしたほか、他の多くの文学賞設定の機運をつくり出すという役割を果たし、わが国最高の権威をもつ文学賞として伝統を誇っているのである。昭和十四年二月に同じくかれの発案により、四十六歳以上の文壇功労者に四十五歳以下の作家・評論家が敬意を表するという趣旨で設けられた「菊池寛賞」とならんで、この二つの賞は寛の残したもっとも輝かしい功績に数えられるものである。

ファシズムの嵐　昭和十一年を迎えると、日本のファシズム体制はいよいよ強化される方向にむかった。まず二月には皇道派の反乱将校による政府重臣の暗殺（いわゆる二・二六事件）があり、三月にはメーデー禁止令が、十一月には思想犯保護観察法がそれぞれ公布、施行されたほか、前年に再軍備宣言を行なった第一次世界大戦敗戦国ドイツとの間に防共協定が締結されるなど、日本の行く手にはいっぱいの暗雲がたち込めていた。こうしたファシズム体制の強化は国内的には何よりもまず文学をふくむ言論界への圧迫という形をとって進められた。寛もこうした時代の成り行きにいちはやく不吉な予感を抱いた。

「二月二十六日の事件は、大震災と同じ位のショックを受けた。実害は、大震災の時の方がズッと大きかったが、しかし今度の方が人変であるだけに不安が永続きするわけである。こう云う事件の結果、言論文章などがいよいよ自由を束縛されやしないかと云う不安が、一番嫌《いや》だった。」（四月号「話の屑籠」）

これは二・二六事件についての寛の感想であるが、二年前、昭和九年に書いた次の文章と比べてみよう。

「この数年来、新聞雑誌の言論が微湯《ぬるまゆ》的で、あらゆる人が、ほんとうに云いたいことを云い得ないで、顧みて他を云う人が多いのは、情ないことである。しかし、大新聞や大雑誌になると、一度弾圧を受けると被害が大きく、影響するところが大きいので、結局金持喧嘩せず、お座なりしか書かなくなっているからで、多くのインテリ読者は、みんな不満を感じているだろう。国家に諫争の臣なくんば国家危しと云う言葉もあるが、あらゆる事に対して、もう少し堂々たる反対論や異説があってもいゝと思う。五年前の日本は、そうだった。」(九月号「話の屑籠」)

この二つの文の間の微妙な違いを比較しただけでも、昭和初頭以来日本の言論界が直面した問題がいかに年とともに深刻化して行ったかを想像することができる。

昭和十一年十月号の『文芸春秋』は、こうした言論統制の空気にさからって、片山哲・鈴木茂三郎・阿部真之助ら九人による「軍に直言する座談会」を載せたが、その一部は当局の忌諱《きい》に触れ、四ページにわたって削除させられた。

「『文芸春秋』は、来年十五年を迎える。当初は、云いたいことを書きたいための雑誌であったが、今では云いたいことの半分も書けなくなった。」(「話の屑籠」)

同じ年の十二月号の誌上で、寛はこうなげいている。これより先の五月、「文芸家協会」の改組が行なわれ、新たな活動が行なわれることになったが、寛は選ばれてその初代会長に就任した。

翌昭和十二年、『文芸春秋』は創立十五周年を迎えた。その新年号に寛は次のような文章を載せた。

「『文芸春秋』は、創刊当時は、自由主義の立場からプロレタリヤ文芸と抗争したが、その後も左傾せず右傾せず、常に良識と良心を以て編集の方針としている。満州事変当事、ファッショ化したなどと云うものもあつたが、それはあらぬ噂であつて、今後ともジャーナリズムの立場から、時勢時流の変遷にある程度に順応して行くつもりであるが、しかし根本精神は、中正な自由主義の立場にあつて、知識階級の良心を代表するつもりである。（中略）

僕が文学者としてどれだけ価値のある人間かどうかは、後世の批判を待つ外はないが、しかし雑誌経営者としては確に成功したと自信している。（後略）」（「十五周年に際して」）

寛はこの年数え年五十歳を迎え、二月には『文芸春秋』十五周年の賀を兼ねた祝賀会が東宝劇場で盛大に催された。かねがね自分の心臓の具合からみて、五十ぐらいで死ぬのではないかと覚悟を決めていたかれであったが、さいわいその後は大した発作にも見舞われず、かなりの健康を維持することができたため、引退はおろか、逆にこの四月には東京市政革新同盟に推されて東京市会議員になるなど、公私にわたっていよいよ多忙をきわめるばかりであった。この年の七月、日華事変が勃発した。

「北支に於て、日支が戦端を開いたことは遺憾である。数年来の抗日機運の避けがたい結果であろうが、日本と支那とが、ローマとカーセージのような仇敵関係になり、十年目二十年目に、戦争をしなければならぬとすると、東洋に於ける平和や文化のために、一大障碍となるであろう。いかに日本の武力を以てしても、あの大国と四億の民衆とを徹底的に屈服させてしまう事は、不可能であろう。」（九月号「話の屑籠」）

寛はこう述べているが、時局を冷静に見通した発言として注目してよい。しかし、国策にたいする批判は批判として、自分の属する国家の非常時にあたっては国に尽くすのが国民の務めであるというのが寛の立場であった。かれは昭和十三年四月号からの『文芸春秋』に、英文付録〝JAPAN TODAY〟を添付したが、これも、日本の文化を正しく海外に紹介し、日本に関するデマや中傷を排除することによって、国の目的に協力しようという意図から出たものであった。

昭和十二年にはじまった日中戦争は、次第に泥沼的な長期戦の様相を呈しつつ進展していったが、この間、寛は続けて三度中国大陸に渡った。第一回は十三年の九月で、かれは二十二名の作家とともに戦線に従軍した。これは文芸家協会会長としてのかれに内閣情報部から作家動員の懇請があったためである。二度目は翌十四年一月で、南京・徐州方面の戦跡を視察したが、これは「西住戦車長伝」執筆取材のためであった。さらに十五年四月には日本のあと押しによって南京にできた新国民政府の樹立式典が行なわれたが、寛は言論界代表という形でこれに出席を要請され、三たび大陸に渡った。この三度目の中国訪問から帰国した直後の五月、かれは文芸講演会や傷病兵の慰問を内容とする「文芸銃後運動」を企画し、実行に移した。これは文芸家協会と共同主催という形ではあったが、実質的には文芸春秋社の社業として行なわれたものである。この企画によって寛は南は沖縄から、北は樺太《カラフト》に至るまで全国の主要都市をめぐり歩いたという。こういったかれの活動は、一面ではかれの素朴な愛国心の発現でもあったが、また一面では文芸家協会会長という公けの立場からの要求でもあった。

膠着《こうちゃく》状態に陥った中国戦線と、ますます強大化する軍部の発言権とを背景に、昭和十五年七月に成立した第二次近衛内閣は、「新体制運動」なるものを強力に押し進めた。この旗印《はたじるし》のもとに日本のすべての政党は解散し、国策遂行のための一元的な運動団体として「大政翼賛会」が結成された。対外的にはこの年の九月、すでにヨーロッパにおいて第二次世界大戦の火ぶたを切っていたドイツにイタリアを加えた日・独・伊三国同盟が結ばれ、米・英両国との衝突は時間の問題と見られるに至っていた。翌十六年十月、東条英機を主班とする軍事内閣が成立、十二月八日ついに日本はハワイの真珠湾に奇襲攻撃をかけるとともに米英両国にたいして宣戦布告を行なった。軍国日本は決定的な破局へむかって最後の歩を進めたのである。

日本の破局と寛の晩年

非常事態のうちに迎えた昭和十七年は、「文芸春秋」創刊二十周年にあたっていた、その新年号の巻頭に寛は次のように書いた。

「本誌は、創刊以来常に温健中正なる思想的立場に依り、文化と芸術との高揚に任じていたが、しかし時勢は既に急変した。雑誌の経営編集は、今や一個人もしくは一団体の趣味、嗜好、選択に依って行わるべきではなく、国家の国防体制の一翼として国家の意志を意志とし、国策の具現を目標として経営編集せらるべきである。

殊に、対米英開戦を迎えて、超非常時に際会した以上、僕以下社員一同はあらゆる私心私情を捨てて、本誌を国防思想陣の一大戦車として、国家目的具現のため、直往邁進《まいしん》する決心である。」

発刊十五周年に際して、「中正な自由主義の立場にあって、知識階級の良心を代表するつもりである」と宣言したリベラリストの寛が、その五年後に「国防思想陣の一大戦車として、国家目的具現のため、直往邁進する」決意を披瀝《ひれき》しているのである。日本を破局に追いやるファシズムの嵐がいかにきびしく、急であったかを知ることができよう。一般の国民も、作家も、編集者もすでに自由に思考し、生活する力を奪われてしまっていた。ジャーナリズム、文壇はあげて戦争目的完遂という錦の御旗のもとに動員された。昭和十六年には第二回の「文芸銃後運動」が実施された。続いて翌十七年六月には東京の日比谷公会堂に二千人の文壇人が会して「日本文学報国会」を発足させ、ただちに「文芸報国運動」が展開された。さらに十一月には「大東亜文学者大会」の開催、翌年三月には「大日本言論報国会」の結成をみるなど、すべての言論機関は国策遂行のもとに統合されて行った。言論界、文壇の代表者格としての寛は、こうした動きの中で当然のごとく指導的立場に立たされることになった。

開戦当初の日本は東南アジア方面で電撃的な勝利をおさめ、大いに気勢をあげたが、十七年五月の珊瑚海《さんごかい》海戦の敗北を境に劣勢にむかい、はやくも東京、名古屋などの主要都市が米機の本格的な空襲にさらされはじめた。国内の生活物資の不足は深刻化し、昭和十八年の一月には雑誌・書籍にたいする用紙割り当ては大幅に削減された。こうした状況のなかで、寛は大映の社長に就任する一方、用紙の比較的手に入れやすい満州の新京に「満州文芸春秋社」を設立して出版業務の拡大をはかった。しかし物資の不足と言論の統制はゆきつくところまでゆき、『文芸春秋』は昭和十九年の一月に行なわれた出版部門整備により、総合雑誌から文芸雑誌に格下げされてしまった。昭和二十年新年号の『文芸春秋』は、目次が表紙に刷り込まれた六十四ページほどの小冊子となり、くしくも創刊当時の姿にもどった観を呈した。

戦争の激化とともに社員は次々と応召され、一方印刷工場・用紙倉庫も激しい空襲に破壊されたため、『文芸春秋』は昭和二十年三月号をもって休刊のやむなきに至った。寛は少数の社員とともに応召された社員の留守家族や遺家族の救済に奔走した。その八月、広島・長崎に相次いで原子爆弾が投下されるに及び、ついに日本は八月十五日の破局を迎えた。

日本が歴史上いまだかつて経験したことのない敗戦は、すべての国民を虚脱感におとしいれたが、一方それは日本が新国家の建設へ向かって再出発するための、きびしい出発点でもあった。『文芸春秋』も昭和二十年十月に復刊され、その後もほそぼそと発行されるにはされたが、敗戦による経済の混乱、物資の不足は極度に達し、経営は困難をきわめた。寛は文芸春秋社解散の決意を固め、役員会にこれをはかった。反対者もあったが、結局多数決で寛の意志は是認され、二十一年四・五月合併号の『文芸春秋』発行と同時に解散の発表が行なわれた。

こうして寛は二十四年にわたって自己の全生活を共にした『文芸春秋』と別れた。しかし文芸春秋社の方は、解散に賛成できない一部の社員の手によってただちに再建の方法が講じられ、「文芸春秋新社」として新発足し、六月に『文芸春秋』を復刊、現在に及んでいる。

旧文芸春秋社から発行された最後の『文芸春秋』（四・五月合併号）の「其心記」の中で、寛は次のように自分の心境を語っている。

「文芸春秋の過去に於ける仕事については、多くを云いたくない。しかし、本誌の廉い定価が、雑誌書籍の一般定価に影響し、円本流行の一契機となったことは、周知の事である。編集技巧としての対談会、座談会の開始、芥川直木賞創設、傾向としては、常に文芸中心の自由主義に終始し、誌上に明朗新鮮な空気を湛《たた》えていたことは読者の知らるる通りである。殊に、昭和十二年正月号に於て、ハッキリ『右傾せず左傾せず中正なる自由主義』を採ることを声明している。

然し、僕個人としては、この十数年来、経営にも編集にも容喙《ようかい》したことはない。凡て人まかせであった。そういう点で無責任だと云われても仕方がないが、実際はそうであった。戦争中、軍部や官僚の指令に応じたがこちらから迎合したことはない。企業整備の時に、思いもかけず『文芸雑誌』に貶《へん》せられ、事後軍事政事を扱うことを禁ぜられたことに依って、軍部や官僚と情実因縁がなかったことはハッキリしていると思う。」

戦時中の言論界での寛の指導者的役割と照らし合わせて見た場合、軍部や官僚に「こちらから迎合したことはない」という発言などには、多少とも自己弁護の趣が感じられなくもない。しかし、それをもってかれを変節漢と難ずることは当を得ない。かれは一人のリベラリストとして、また素朴な愛国主義者として、自分と時代とに忠実に生きたのである。戦時中のかれが真の菊池寛であるならば、戦後のかれも、また戯曲や短編小説で名を成した大正期のかれもひとしく同じ菊池寛なのである。

その寛が、昭和二十二年十月、G・H・Qから追放の指令を受けた。客観的な情勢からみて避け難いことではあったが、寛にとっては精神的に少なからぬ打撃であった。かれは、前年の十一月から「新今昔《こんじゃく》物語」を雑誌『苦楽』に、この年の五月からは「半自叙伝」の続編を『新潮』に、また同年六月からは「好色物語」を『新大阪新聞』に、それぞれ連載し、ふたたび旺盛な創作活動を展開しようとした矢先であった。

「僕を戦争協力者として、追放ナンテ、アメリカの恥辱だよ。戦争になれば、その勝利のために尽すのは、アメリカ人だろうが、日本人だろうが、国民に変りなく当然の義務だ。僕はこんな戦争に賛成ではなかったが、始まった以上、全力を尽して敗けないように努めたのは当り前だし、むしろそれを誇りに思っている。僕のようなリベラルな男を追放するナンテ、バカバカしいね。」

かれはこういって慨嘆したという。（池島信平著『雑誌記者』）

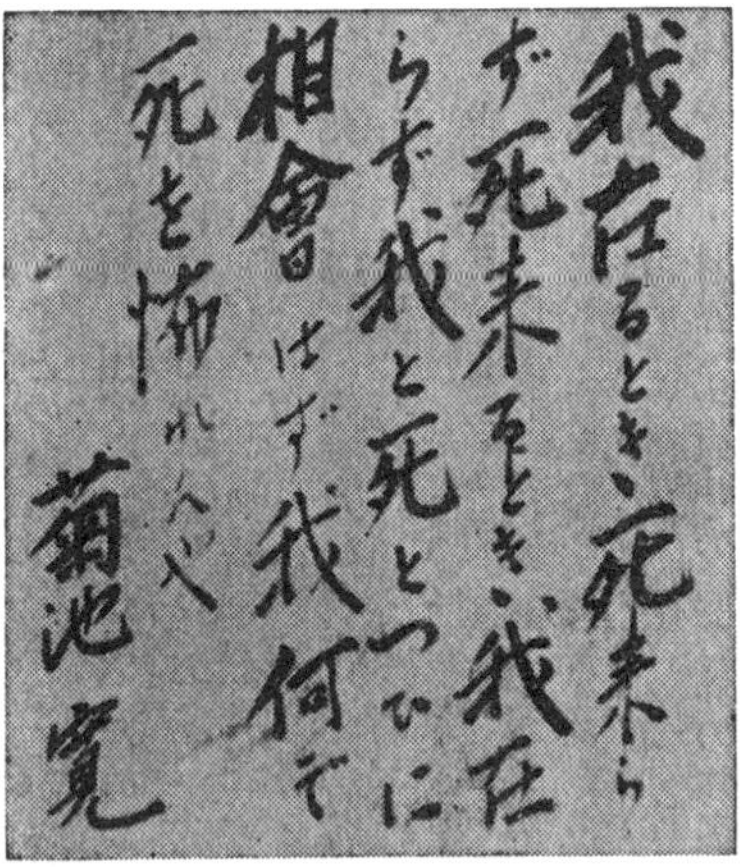

寛が晩年に好んだ座右銘

昭和二十三年の正月以来、寛は腸を病み自宅療養していたが、春になるとともに回復し、三月六日の夜主治医や内輪の人々と全快祝いの小宴を催した。その席を、かれはいつものむぞうさなやり方でヒョイとはずすと二階の自分の書斎にあがって行ったが、そこで突然、狭心症の発作に見舞われてたおれた。発作から死亡までわずか十分という短時間であったという。このことのあるのをかねてから覚悟していた寛は、告別式の当日会場に張り出すべしとした、次のような遺書を用意していた。

「私はさせる才分無くして文名を成し、一生を大過なく暮らしました。多幸だったと思います。

死去に際し、知友及び多年の読者各位に厚く御礼を申します。ただ皇国の隆昌を祈るのみ。

吉月吉日　　菊池　寛」

葬儀は三月十二日、小雨降る小石川の音羽《おとわ》護国寺において執行された。文壇・財界・政界その他各界の知名人や読者からなる参会者は約七千名に及び、戦後最大の葬儀といわれた。寛の幅広い活動と、抱擁力に富んだ人柄を象徴するような盛大な葬儀であった。

多磨墓地にある寛の墓（碑文字は川端康成の書）

第二編　作品と解説

菊池寛の小説は、「ヒューマン・インテレスト・ストーリイ」(Human Interest Story) だといわれる。人間性のおもしろさを追求する小説といった意味である。小説が人間を描くものである以上、人間的興味をねらうのは当然すぎるが、とくに菊池寛の作品がこの名称で呼ばれるのには次のような事情がある。

米国ではワシントン・アービングや、E・A・ポーなどの出現により、文学のジャンルとしての短編小説が早くから発達したが、その短編小説を分類的に研究する方法も、それにともなって盛んであった。ヒューマン・インテレスト・ストーリイも、そのような分類の際によく使われる用語のひとつで、人間性の種々相――感傷とか、非哀とか、ユーモアを話の根底に据えた、新聞記事風な読み物をさしていうのである。

こうした短編小説の一般的な分類リストが、マーガレット＝アッシュムン (Margaret Ashmun) という米国学者の編んだ『近代短編集』(Modern Short Stories 一九一四年刊) という本の巻末に付録として載っている。欧米の代表的な短編小説を、主題や内容に応じて、「地方色小説」、「性格描写小説」、「家庭小説」といった十あまりの類型に分けたものである。菊池寛は、これを「小説の分類」(『文芸往来』所収) という文章の中で紹介した。その中でかれは、この分類法は表面的ではあるけれど、よく考えてみれば現在の日本の小説もたいていこのどれかにおさまってしまいそうだといっている。とくに「ヒューマン・インテレスト・ストーリイズ」については、ヒューマニズムという言葉を使うよりも、このほうがずっとわかりやすいし、また実際にも適合するのではないかといって共鳴している。

菊池寛の作品を評する際にしばしば用いられる「ヒューマン・インテレスト・ストーリイ」という名称は、

直接にはかれのこの文芸感想文に由来するのである。じじつ、この「ヒューマン・インテレスト」はかれの作品の重要な特色になっている。アッシュムンが「ヒューマン・インテレスト」小説の例としてあげているのは、ゴーゴリの「外套《がいとう》」、ドーデの「最後の授業」、ツルゲネフの「あいびき」などであるが、もし短編という枠をはずし、この用語の意味を広くとるならば、かれ自身の作品のうち、戯曲、短編はもとより、大衆小説の大部分もこの中に含まれるといってよいであろう。

菊池寛の作品は、戯曲・短編小説・通俗長編小説の三つに大別できる。創作活動もだいたいこの順序で行なわれた。ただし文壇で最初に認められたのは戯曲ではなく、短編小説のほうである。通俗小説は戯曲作家として脚光を浴びるのと同時に書きはじめられた。以後は戯曲・短編・通俗長編の三本立てで創作活動を行なった大正後期を経て、昭和の通俗小説時代に進む。このうち、一般にかれの傑作と称せられる作品は、ほとんど初期の戯曲・短編時代のものばかりである。しかし、「ヒューマン・インテレスト」を基調とする菊池寛の文学を全体的に理解するためには、通俗小説のほうもけっして見落としてはなるまい。

菊池寛は「人生第一、芸術第二」という、簡明率直な哲学をもち、読者に奉仕するという職業意識に徹した作家である。かれの立場は、ふつうの人々によろこばれる、わかりやすい小説や戯曲を書くことであった。かれはそのテーマを万人が関心をもつ人間性の問題においたのである。以下菊池寛の作品のうちの代表的なものだけをとりあげて簡単に解説を加え、読者の参考に供したいと思う。

父帰る

「『父帰る』は、私の作品の中で、私の過去の生活が一番にじみ出ている作品である。」(「『父帰る』の事」より)

実質上の処女作　「父帰る」は、大正六年一月の第四次『新思潮』に発表された一幕物の戯曲である。執筆されたのは前年の十月ごろである。この時、作者菊池寛は二十八歳。京都大学を卒業し、『時事新報』のかけ出し記者となったばかりである。この前後までの寛は『新思潮』を中心に、もっぱら戯曲を発表していたが、文壇的にはまだ無名の新人であった。「父帰る」も他の作品と同様に、この発表当時はほとんど誰からも注目されなかった。しかも『新思潮』のほうは六年の三月に、「漱石先生追慕号」が出たまたま休刊となり、かれは確実な発表機関を失ってしまった。同人の中からは芥川龍之介がはなやかに文壇に迎えられたのに続き、久米正雄も着実な進出を見せていた。菊池寛だけがひとりあとにとり残された形となった。以後かれは戯曲の筆を小説に転じ、久米や芥川、それに江口渙らの友情にも助けられて、『帝国文学』や『文章世界』その他の雑誌に発表を続けることができたが、文壇的にはまったく不遇であった。

しかし、こうしたかれの努力は、大正七年の「無名作家の日記」および「忠直卿行状記」の成功によって報いられ、かれはひとまず短編小説家として文壇に認められることになった。「父帰る」が世の注目を浴びたのは、それからさらに二年あまりたってからである。すなわち大正九年十月末に、この作品が市川猿之助（のちに猿翁と呼ばれた）の主宰する「春秋座」の第一回公演として京橋の新富座で上演され、観客に多大の感銘を与えたのである。この成功によって作者はあらたに戯曲作家としての脚光を浴びることになった。その記念すべき作品について、小林秀雄は次のようにいっている。

当時の新富座（早大演劇博物館蔵）

「処女作に作家のすべてがあるといふ事が言はれるが、その意味で菊池氏の処女作は『父帰る』である。氏の全作品を通じて見られる飽く迄も理詰めな構成、無駄のない人物の動かし方や会話、人間心理の正確な観察、健康な倫理観、さういふものがこの作の裡に圧縮されてゐる。」（「菊池寛論」）

げんみつにいえば「父帰る」は処女作ではない。しかし、右の文章にもいわれているとおり、この戯曲に示されたかれの文学態度は、かれのすべての作品の原型ともいうべきものを包含しているのである。そういった意味からいえば、この作品をかれの実質的な処女作と考えていっこうに差しつかえないばかりか、むしろそうすることが菊池寛の文学の本質を理解するうえにぜひ必要なことのようにさえ思えて来るのである。

かれはのちに自作の戯曲のうち、自分で「厭《いや》でない」と思うものとして「屋上の狂人」、「茅の屋根」、「時の氏神」、「恩讐の彼方に」、「義民甚兵衛」の五つをあげ、「父帰る」は多小気にいらぬ個所をもった作品の中に含めている。一、二の台詞《せりふ》に芝居がかったわざとらしさがあるのが不満だというのが、その理由のようである。しかし、それにもかかわらず「父帰る」がかれ自身のもっとも愛着を感じた戯曲であったこともまた争えない事実である。

大正八年、三十一歳の時に『心の王国』と題する単行本（短編・戯曲集）をはじめて出版することになった寛は、他の四つの戯曲とともに、自信をこめてこの作品をその中に収めている。この作品に寄せるかれの愛着と自信は、「『父帰る』の事」という文章の中の次のような個所にもっともよく表わされている。

「今年の一月、有楽座と公園劇場とで同時に上演されたとき、有楽座を見た山本有三は「君をブルジョア作家などと云うが、『父帰る』などをプロレタリア文芸と云わずして、何をプロレタリア文芸と云うのか。」と云った。久米正雄は公園劇場を見ながら、「君もう『父帰る』は古典だね。」と云った。両方とも、ひいき目の僻目《ひがめ》だろう。が、私は「父帰る」に就いては、多少の自信を得た。十年や二十年の後まできっと残るに違いない。少くとも、私の作品の中では、一番最後に亡びるものだろうと。後世を信じない私は、私の作品が十年位生命があれば、それでたんのうするのである。」

家族を捨てた父親へのうらみと情愛

つぎにこの戯曲の梗概をのべよう。時は明治四十年ごろ。十月はじめのある日の夕刻である。場所は南海道*のある小都会。幕があくと、舞台はある中流家庭の茶の間である。勤め先の役所から帰って和服にくつろいだ長男賢一郎（二十八歳）が、夕食前のひとときを母親と話している。小学校の教師をしている次男の新二郎（二十三歳）はまだ帰宅していない。娘のおたね（二十歳）も内職の仕立物を届けに出ていない。家にいるのは二人だけである。母親のおたかは五十一歳。二十年前に道楽で財産を蕩尽《とうじん》した夫の黒田宗太郎に出奔《しゅっぽん》されて以来、女手ひとつで苦労の末、三人の子どもをそれぞれ一人前に育てあげたのである。

父親のいないあとは、自然長男の賢一郎が一家の家長である。母親はその賢一郎を相手に、娘のおたねのところに届いた縁談についての相談をしている。相手はある財産家であるが、母親は気がすすまない風である。

「私は自分で懲々《こりごり》しとるけに、たねは財産よりも人間のえゝ方へやろうと思うとる。財産がのうても亭主の心掛がよかったら一生苦労せいで済むけにな。」

道楽狂いの夫を持ってさんざんに苦労した母親は、先方に財産のあることがかえって不安のたねになるのであった。そんな母親にたいして、賢一郎は、

＊　五畿《き》七道の一つで、畿内、山陽道の南に位置する地方の総称。紀伊（和歌山県）・淡路（兵庫県）・阿波（徳島県）・讃岐（香川県）・伊予（愛媛県）・土佐（高知県）の六カ国を含む。

「財産があって、人間がよけりゃ、なおいゝでしょう。」

という。自分自身の体験や感情だけから物事を判断しがちな女親と、現実的な、合理的な物の見方をもつ若い息子との考え方のくい違いである。しかし、その賢一郎にしても、幼いときから苦労をわかち、今でも内職仕事に精を出している妹のためには、できる限りりっぱな嫁入り仕度をととのえてやりたいと思っているのである。

こうした会話のやりとりにも、母親のおたかは家出した夫についての、かえらぬ繰り言をさしはさむのであった。賢一郎はそれを聞くたびに不快げな表情を浮かべる。幼い時、母親に手をひかれて築港に身投げし、あやうく助かったことや、すべての楽しみに目をつぶって家のために働いたつらい給仕時代の自分の姿や、教科書を買ってもらえず写本をもっていき、友だちにからかわれて泣いていた弟の新二郎のことなど、いろいろなつらい記憶が頭の中によみがえるからである。そうした記憶から逃れたい賢一郎は、学問好きの弟の将来のことなどに話題を転じようとする。しかし、おたねのことばかりでなく、賢一郎にも早く嫁を迎えて安心したい母親はあれやこれやと気をもむあまり、話の区切りはつい昔の愚痴になってしまうのである。

やがて帰って来た新二郎は不思議なうわさを持ち込んでくる。それは、かれの勤める小学校の杉田校長が、かれらの父親によく似た老人を町かどで見かけたというのである。母親には信じられないことであった。夫が生きていて、町に来たのが本当であったにしろ、家に帰らないなどということは、彼女にとっては考えられないことなのである。

「私はもう死んだと思うとんや。」

彼女はそういって自分を納得させようとするが、賢一郎は落ち着かぬものを感じる。その老人がほんとうに父親であったとしても、家の敷居はまたげまい。また、またがせるわけにはいかない。かれはそう身構えるのである。

しかし、父親の顔も知らぬ新二郎は、しきりに母親のおたかからむかしの父の話を聞き出しては無邪気に興奮する。おたかは、父親が岡山で興行師として成功し、羽振りをきかせていたという十年も前の人の噂《うわさ》や、その父がむかし殿様にお小姓として仕えていた少年時代に、奥女中から恋歌を贈られたほどの評判の美男子だったことやらを、なつかしげに語る。父親のことはつとめて忘れてしまおうとしている賢一郎は、不快な気持ちをかくしきれず、

「おたあさん、お飯《まんま》を食べましょう。」

と、二人の会話をさえぎる。

三人はいっしょに夕食にとりかかる。賢一郎は食事の合い間にも、高等文官試験をめざしている弟の新二郎をはげますことを忘れない。自分はもうあきらめるよりほかないが、弟にだけは一生懸命に勉強させ、りっぱな人間になってもらいたいのである。それが家長としてのかれの責任であり、誇りなのであった。

そこへおたねが帰ってくる。彼女は家にあがるなり、玄関の暗《くら》がりに老人がいて、家の方をじっと見ていたと、不安げに報告する。一同顔を見合わせる。新二郎が次の間に立って行って外をのぞいて見るが、誰も

見あたらない。みんな一様に不安げな表情を浮かべ、黙り込んで食事を続ける。突然表の戸がガラッと開き、貧しげに憔悴《しょうすい》した老人がはいってくる。二十年ぶりにわが家の敷居をまたぐ父親の宗太郎であった。おたかと賢一郎とがもっとも激しい感情を顔にあらわす。がその感情の性質はまったく違っている。母親のそれはともかくも二十年ぶりで迎える夫へのなつかしさと、安堵《ど》のよろこびである。一方、賢一郎のそれは、家族を口にいえない困窮におとしいれた無責任な父親へのはげしい恨みと憤りである。

宗太郎は妻に手を取られるようにして座敷にあがると、りっぱに成人した子供たちを見回しながら、家に帰ってきた事情を自嘲的に訴えるのであった。数年前、呉で興行中、見世物小屋が火事で丸焼けになり、以後は何をやっても思わしくなく、老い先も見えて心細くなったため、恋しい女房と子供のところにもどることにしたのだという。

「老先の長いこともない者やけに皆よう頼むぜ。」

宗太郎はつとめてらいらくな調子でそういうと、賢一郎のほうを向き盃を所望する。賢一郎はうつむいたまま応じようともしない。母親はかたい賢一郎の気持ちをときほぐそうと、

「さあ、賢や。お父さんが、あゝ仰しゃるんやけに、さあ、久し振りに親子が逢うんじゃけに祝うてな。」

といってとりなす。賢一郎は思わず盃をさし出しかけるが、途中でついとそれを引っこめると、決然とした態度でいう。

「止《や》めとけ。さすわけはない。……僕たちに父親《てておや》があるわけはない。そんなものがあるもんか。」

瞬間父親の顔にはげしい憤怒《ふんぬ》の表情があらわれる。一座の間を冷たい、緊張した空気が走り抜ける。新二郎は何とか兄の心をやわらげようとなだめる。しかし、賢一郎はそれをきっぱりと制し、怒りをこめた静かな口調でいう。

「……俺《おれ》にお父さんがあるとしたら、それは俺を子供の時から苦しめ抜いた敵《かたき》じゃ。俺は十の時から県庁の給仕をするし、おたあさんはマッチを張るし、何時かもおたあさんのマッチの仕事が一月ばかり無かった時に親子四人で昼飯を抜いたのを忘れたのか。俺が一生懸命に勉強したのは、皆その敵《かたき》を取りたいからじゃ。俺達を捨てゝ行った男を見返してやりたいからだ。父親《てておや》に捨てられても一人前の人間にはなれると云う事を知らしてやりたいからじゃ。俺は父親《てておや》から少しだって愛された覚えはない。俺の父親《てておや》は俺が八歳《やっつ》になる迄家を外に飲み歩いて居たのだ。その揚句《あげく》に不義理な借金をこさえ情婦を連れて出奔したのじゃ。女房と子供三人の愛を合わしても、その女に叶《かな》わなかったのじゃ。いや、俺の父親《てておや》が居なくなった後には、おたあさんが俺の為に預けて置いて呉れた十六円の貯金の通帳《かよいちょう》まで無くなって居ったもんじゃ。」

おたかやおたねは泣いている。父親の表情も、いつしか怒りから悲しみのそれに変わっている。新二郎は懸命に兄をなだめようとする。しかし、賢一郎は弟の弱い感情をしかり、はげましながら、どこまでも自分に父親のあるはずがないと言い張るのである。老いた父親もいまはすべてをあきらめ、「のたれ死するには家は入らんからのう」と、つぶやきながらふたたびしょう然と家を出て行く。母親やおたねの最後の哀訴にも、賢一郎はかたくなにこたえようとしない。一同無言のまま舞台には緊張の時間が過ぎる。

ややあって賢一郎が口を開く。

「新！　行ってお父さんを呼び返して来い。」

新二郎は返事をする間ももどかしく、表に飛び出して行くが、間もなく不安そうなおももちでもどってくる。父の姿が見当たらないのである。

「なに見えん！見えん事があるものか。」

賢一郎は狂気のように、新二郎とともに飛び出し、父親の行方を追う。幕。

芥川も泣いた舞台の真実味

前にのべたとおり、「父帰る」がはじめて新富座の舞台にかけられたのは、大正九年十月の末である。当時の名優市川猿之助の結成した新劇団「春秋座」が第一回公演として谷崎潤一郎の「法成寺《ほうじょうじ》物語」を上演するにあたり、その中幕として寛の「父帰る」をとりあげたのである。「父帰る」をこのとき猿之助に推薦したのは、当時、『時事新報』の特別寄稿家として劇評を担当していた三宅周太郎であった。公演は三日間にわたって行なわれた。初日は菊池寛自身によればぼ十月の二十五日であった。その初日の舞台をかれは芥川龍之介・久米正雄・山本有三・江口渙・佐々木茂索・小島政二郎といった招待客といっしょに見た。当日一番目の「法成寺物語」にかなりの時間がかかり、「父帰る」の幕があいたのは十一時を回っていた。作者はすでに新進小説家

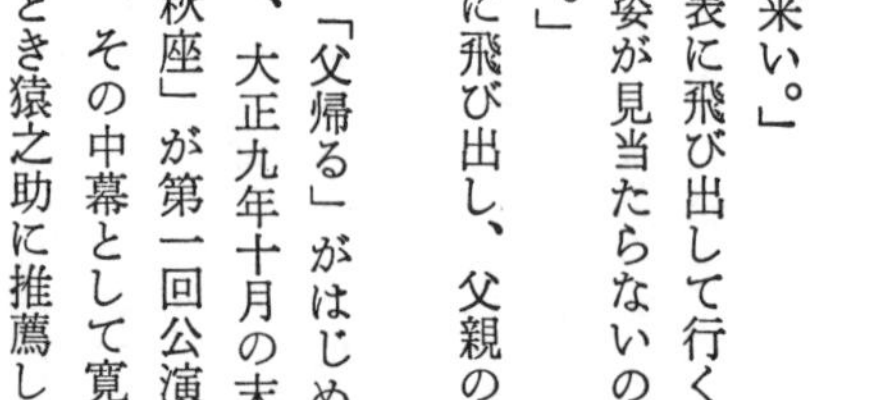
「父帰る」の舞台。賢一郎（右端）は市川猿之助（早大演劇博物館蔵）

として一応、文壇に打って出てはいたものの、戯曲作家としては無名に等しかったから、招待の劇評家の多くは「父帰る」の幕があく前に帰ってしまっていたという。そんな空気のなかで「父帰る」が上演された。それは従来の歌舞伎劇とも、また新劇とも異なるまったく新しい種類の芝居であった。テンポの早い、緊迫感に富んだこの芝居の展開に満場の観客の心がみるみるひきつけられて行った。江口渙は、その時の模様を次のように伝えている。

「舞台の上のすじのはこびと、俳優の情熱的な演技とが、見事に一本になって、まこと呼吸《いき》もつかせぬ感動的な芝居であった。父親が力なく立ち上がって息子の家を去ろうとする頃から、階下の平土間では、もうすすり泣きがきこえ出した。猿之助の賢一郎が立ち上がって父を追い求めるところになって、それが平土間一めんにひろがった。私もやはり、おさえてもおさえても涙がでてくる。いつか涙は頬からあごへ流れおちた。

幕がおりてやがてパッと電灯がついた。となりにいた芥川を見ると芥川もハンケチでしきりにまぶたをふいている。久米の頬にも涙がとめどなく流れている。小島政二郎も佐々木茂索も眼をまっかにしている。涙をふいて立ち上がった私は、すぐうしろにすわっている菊池寛をふりかえった。その瞬間、思いがけないものをそこに見て、また、新しい感動が私をおそった。作者の菊池寛までが泣いているのだ。」（「その頃の菊池寛」――『わが文学半生記』）

上演は大成功であった。しかし、それはただちに活字によって喧伝《けんでん》されたわけではなかった。『万朝報《よろずちょうほう》』

の文芸欄が意外な傑作という二、三行の消息記事を載せただけで、劇評の面ではむしろ黙殺に近い取り扱いを受けたのである。前記の三宅周太郎は、この冷遇に義憤を感じ、当時の有力雑誌『人間』に「父帰る」の長い劇評を発表して、「やっと感激のうっぷんをはらした」といっている。

こうした劇評面での冷遇にもかかわらず、二日目、三日目の新富座は超満員の客をのんだ。それはこの芝居を見て感動した人々が、口から口へと伝えて巻き起こした反響によるものであった。評判はその後もいやましに高まり、ついに大正九年の劇界における最大の収穫作と目されるに至った。以後「父帰る」は日本近代劇の古典として最高の上演率を誇る戯曲のひとつになった。作者菊池寛も、この成功によって戯曲作家としての地位を完全に確立したのである。

「父帰る」がこのような人気を呼んだ理由は、どこにあるのだろうか。第一に、それは作者自身の次のような言葉で説明されている。

「私は、『父帰る』に就いて自慢したいのは、筋や境遇ではない。あの実感に充ちた台辞である。あの台辞には、私の少年時代の生活が何処となくにじんでいるのである。」(「『父帰る』の事」)

「実感」とはいうまでもなく作者自身の少年時代から青年期にかけてのにがにがしい貧乏の体験にまつわるそれであろう。

その作者の「実感」にみちた台詞が舞台を通して直接観客の実感とつながったのであろう。

ところで、この作品の創作動機について、作者はイギリスの劇作家ハンキンの〝The Return of the Prodigal Son〃（放蕩息子《ほうとうむすこ》の帰宅）を読んだためであっただろうといっている。読んだのはおそらくかれがまだ京都大学に在学していたころであろう。

「私は、その頃創作は、ノートに書いて、それを原稿紙に浄書する癖があったが、そのノートを見ると、

「ハンキンは、蕩児の帰宅をテーマとす、然れども帰るもの豈《あに》蕩児のみならんや」と、楽書がしてある。

「蕩父だって帰って来る」と云うのが、私の逆説的な考えであったのである。私は「蕩児の帰宅」に対して、「蕩父の帰宅」としたかったのであるが、豆腐に通ずるので語呂がわるく、一旦「帰れる父」とし再考して「父帰る」とした。」（「『父帰る』の事」）

「蕩児」にヒントを得て「蕩父」を題材にしようと思いたったのは、かれ自身の父親がそのような人物であったからというわけではない。ただ、かれの周辺にこの作中の父親に近いイメージを持った人物はいた。菊池巳之吉というかれの叔父《おじ》である。この人は作者の父親の弟で、若い時から家で放縦に暮らしていたが、作者の生まれる直前ごろ、兄、すなわち作者の父親との不和がもとで家出してしまった。以来消息はなく、作者が十八、九になったころには、両親が、

「もう年が年じゃけに、生きて居ったら、ハガキの一本位よこす筈じゃ。」

などと噂するのをよく聞いたという。また少年時代の作者は、貧乏で苦しいことがあるたびにこの叔父が大金をもうけて帰ってくるのを夢想したということである。「父帰る」においては、この家出した叔父のイメージが、作者自身の体験や感情の中に巧妙に組みこまれ、それが「実感に充ちた台辞」となって生きている

のである。なお、作中の父親が若いころ御殿女中に恋歌を贈られた話がでて来るが、これは作者の叔母の夫にかんする逸話から、また親子が築港に身投げしたという話は、作者の故郷の町に起こった実際の事件から、それぞれとったものという。

「父帰る」が観衆をひきつけた他の理由としては、誰にもわかる簡単なテーマと、そのテーマを際立たせている率直で、平明なリアリズムの手法とがあげられる。総じて菊池寛の作品は、はっきりとしたテーマの存在することが特徴になっている。このことはかれみずから創作技法として提唱したことがあり、そのためにとくにかれの短編小説は「テーマ小説」としばしば呼ばれる。戯曲ではあるが、この「父帰る」もひとつの明確な狙《ねら》いをもっている。それは理性や道理の力では打ち消すことのできない骨肉間の情愛の強さということである。そうしたテーマが、素朴な方言を用いた台詞によってきわめてリアルに浮き彫りされているのである。

老いて帰って来た父親を冷たく拒否する賢一郎の態度には、近代的な合理主義の精神が象徴されていると考えてよいだろう。賢一郎がもしこの合理主義精神を最後まで押し通すとするならば、この芝居は当然救いのない、悲劇的な結末を迎えることになる。が、作者は最後に自殺のおそれのある老父の後を追って、狂気のように家をとび出して行く賢一郎を設定することによって、条理を超《こ》えた肉親間の情愛の不滅性を暗示している。健康で、人間的な倫理感に満ちた結末である。そこには、けっしてむずかしい哲学などはない。ただ観客と生活感情を同じくする人間の、人間らしい生活の断面があるのみである。「父帰る」が観客の心を魅了した最大の秘密はここにあるといってもよい。

この芝居の意義について、劇評家の戸板康二は、「日本の近代劇にとって、茶の間の芝居というもの、個人の平凡な家庭の芝居というものが成り立つんだということを確認させた」点にあるのではないかといっている。「父帰る」が演劇史上で果たしていることのような革新的な意義は、こんにち、とくにテレビなどを通じて、家庭問題を扱ったドラマが広く一般に受け入れられているという現象を考え合わせてみれば、いっそう明らかに理解されるであろう。

無名作家の日記

「一人の天才が生れる為に、百の凡才が苦しむ事が必要だ。山野や桑田などが、持てはやされる蔭には、俺一人位の犠牲は寧《むし》ろ当然かも知れない。が、永久に無名作家として終る者は、俺一人ではあるまい。」(原文より)

ついにめぐって来たチャンス　「無名作家の日記」は大正七年七月の雑誌『中央公論』に発表された日記体の小説である。

『中央公論』は明治三十二年の一月に、それまで反省社というところが発行していた『反省雑誌』を改題し、刊行した総合雑誌である。大正三年一月からは発行所も反省社から中央公論社となり、以来休刊を余儀なくされた第二次世界大戦末期を除き、明治・大正・昭和の三代にわたり、ジャーナリズムの一方の盟主として君臨して来た大雑誌である。ことに明治末期から大正期にかけては一代の名編集者とうたわれた瀧田樗蔭が文芸面の拡充に努力し、谷崎潤一郎の「秘密」をはじめ、志賀直哉の「大津順吉」、武者小路実篤の「わしも知らない」、中条百合子(のち宮本姓)の「貧しき人々の群」といった新進気鋭の作家たちの問題作や傑作を次々に掲載してジャーナリズムを刮目《かつもく》させた。このため、同誌の創作欄はいつしか文壇への登竜門、あるいは檜舞台と目されるようになっていた。「鼻」でデビューした芥川龍之介も、大正五年十月号の同誌に「手巾（ハンケチ）」を発表している。また久米正雄もその翌年の九月号に「地蔵経由来」を発表し、はなばなしいスタートぶりを見せた。

それからさらに一年ちかくたった大正七年の六月のある日、樗蔭の命を受けた『中央公論』記者高野敬録が、とつぜん菊池寛の家を尋ね、執筆を依頼して来たのである。芥川や久米に先を越され、不遇をかこっていたかれにもようやくチャンスがめぐって来たのであった。このときのかれのおどろきとよろこび、および前後の状況についてはくわしいことはここでは略す。かれがこのとき『中央公論』に渡した原稿が「無名作家の日記」で、翌七月の誌上に掲載されたのである。京都大学在学時代の自分の文学的な煩悶や焦燥感を、日記の形をかりて告白したものである。一種の自伝的な私小説といえるものだが、作者の態度には、かたよった主観や、感傷におぼれたところがほとんどない。友人たちの文壇的成功をうらやみ、ねたむ主人公の心境を、だいたんに描いてみせた作品である。

主人公の友人山野と桑田はそれぞれ芥川と久米がモデルだといわれる。前にのべたとおり、芥川も久米も、すでに新進作家として文壇の注目を浴びていたときであるから、これらの作中人物とモデルとの関係は第三、四次『新思潮』同人の動向を知る人たちには一目瞭然《りょうぜん》であったにちがいない。とくに山野という名で描かれている芥川への作者の反感があらわな形でのべられているため、原稿を一読した編集長の樗蔭は心配して芥川に意見を聞き合わせたほどであったという。

こうして発表された「無名作家の日記」は、さいわいにして多大の好評を博した。とくに文壇の大家正宗白鳥の称賛を受けたことは、この作品成功の大きな支えとなった。この一作によって、菊池寛はようやく念願の文壇入りを果たしたのである。

成功した者への羨望と嫉妬

「無名作家の日記」は日記体の小説であるから、普通の物語のようにはっきりしたプロットがあるわけではない。しかし、作者の置かれた状況や、それにともなう心境が、時の推移を通して生き生きと描かれ、おのずから奥行きの深い小説の世界を構成している。次にこの作品のだいたいの内容を紹介しておきたい。

作家志望の「俺」（富井）は、東京の高等学校から京都大学の文科に移って来る。九月のなかばである。京都に移ったのは、ひとつには経済的な理由からであったが、そのほかにも有力な理由があった。それは東京の友人たちのうち、とくに自分に不快な圧迫感を与える山野と桑田の二人から離れたいという願望であった。ゆたかな才能にめぐまれ、すでに「学校中を驚かしたような深刻な、皮肉な小説」を文芸部の雑誌に発表している山野は、優越感に満ちた態度で「俺」を圧倒しようとしていた。またその同じ雑誌にいくつもの脚本を載せ、「水際立った」活躍ぶりを示している桑田のほうも、自分こそ文壇で最初に名を成すものだと公言してはばからない自信ぶりを示していた。この二人にとり残されたと思う「俺」は、「将来の文壇に於て、真に名を成す者は、桑田や山野などで、自分はいつ迄も彼等の蔭に、無名作家として葬られるのではあるまいか」という不安になやまされるのであった。ことに「天才的で傲岸《ごうがん》な」ところのある山野の、皮肉や嘲笑をまじえた話し振りは、「俺」の心を傷つけることが多かったのである。

「俺」はこうした圧迫感を逃れるようにして京都へ来る。清麗な古都のたたずまいがさびしい「俺」の心をわずかになぐさめてくれる。さいわい文科の図書館にはりっぱな蔵書があった。東京の連中に負けまいとする「俺」は、それらの本を片端から読破して行く。京都大学の文科には、また文壇とつながりを持つ中田博士が教鞭をとっていた。博士の知遇を得れば存外早く文壇へ出られるかも知れない。「俺」はひそかにそんな期待をいだく。

京都は文学的刺激のまったく感じられないところである。それが「俺」の心をたまらなく淋しくさせる。忘れようとしても、東京の友人たちの動向が気になってしかたがない。「俺」はジッとしていることに堪えられず、「夜の脅威」という戯曲を書きはじめる。できあがったら中田博士に見てもらおうと思うのである。

秋が過ぎて、十二月も末になったある日、「俺」は東京の山野から手紙をうけとる。東京にいる仲間が集まって来年三月から同人雑誌『×××』を発刊するという計画を知らせて来たのである。しかし、その手紙には「君も同人になってはどうか」などという文句は一切書かれていない。それどころか、はじめからおしまいまで自分たちのはなばなしい計画を、これ見よがしに、挑戦的にのべたてているのだ。「俺」は「烈しい嫉妬と憤《いきどおり》とを感ずると同時に、突き放されたような深い淋しさ」を感じる。

年が明けた一月の末、「俺」はできあがった自作の脚本を持って中田博士を尋ねる。山野たちへの対抗心をこめて懸命に書きあげた作品である。ところが博士は原稿を申し訳程度に二、三枚めくってみた末、「執《いず》れ拝見して置きましょう」といっただけであった。どこかの雑誌に斡旋してもらえるかも知れないという「俺」のひそかな願いは無惨に消える。中田博士はその後学校で顔を合わせても何もいってくれない。

三月になり、山野らの同人雑誌『×××』が発刊される。さすがに「俺」にも一部が送られて来る。「俺」は巻頭に載っている山野の「顔」がまったくの失敗作、愚作であることを祈りながら読む。しかし、それは一寸の隙もない、奇抜な内容をもつ、すばらしい作品なのである。その作品から無意識に受けた感銘を、競争者である「俺」は「全力を尽して」排斥しようとする。が、けっきょくその価値は認めぬわけにはいかない。山野のものばかりではない。桑田の小説も自分の「夜の脅威」にくらべたら数等上のように思われるのだ。「俺」は『×××』を手にしたままぼんやりと考えこんでしまう。

『×××』はどこでも好評であった。山野が第二号に載せた「邂逅《かいこう》」も前作を上回るできばえで、それが文壇のある老大家から激賞されたという噂が「俺」の耳にはいる。五月になったある日、「俺」は新聞の広告で雑誌『△△△』に山野の小説「廃人」が載っていることを知り、「鉄槌で殴ぐられたような打撃」を感じる。山野ははやくも流行作家として中央文壇におどり出てしまっていたのである。いまいましい気持を押し殺して読んだ山野の作品に「俺」は完全にうちのめされる。

しばらくして「俺」はその山野から久しぶりの手紙をもらう。あけてみると意外にも親切な文面である。

遠くに住んでいる関係で「俺」を同人に加えられなかったことの釈明に加えて、寄稿を勧めてきたのである。

「俺」は今まで山野にいだいて来た嫉妬と反感を恥ずかしく感じるとともに、非常な興奮をおぼえる。「俺」はさっそく中田博士の家でほこりをかぶったままになっている戯曲「夜の脅威」の原稿を取り返してきて、それを山野あてに送る。


ところが、まもなくして届いた山野の返事は、作品の内容がきわめて低級なので掲載を見合わせるという思いがけない知らせであった。何年たっても「俺」の思想になんの進歩も見られないことを揶揄《やゆ》するような嘲笑的な内容なのである。


「罠《わな》！　俺は確かに山野の掛けた罠に掛ったのだ！　あいつは自分の華々しい成功に浸りながら、その意識をもっと高調させる為に、俺を傷つけて見たくなったのだ。あいつは桑田などに、

「どうだろう！　富井の奴、京都で何をやって居るのだろう。相変らず例の甘い脚本か何かを、書いて居るに違いない。どうだい！　『×××』に載せてやるとかなんとか云って、あいつの作品を取寄せて、皆で試験をしてやろうじゃないか。』

と、云ったに違いない。」

「俺」はこう勘ぐる。今はもう山野にたいし、「永久に妥協の余地のない憎悪」で心が煮えかえるのである。しかし、それから二年あまりたった×月×日の日記に、「俺」は次のように記す。

「俺と彼等との距離は、もう絶対的に拡がってしまった。却って、こうなると、もう競争心も、嫉妬も起

らない。俺は彼等が流行作家として、持てはやされる事実を、平静に眺めて居る事が出来る。（中略）
　俺はこの間、ヴェルレーヌの伝記を読んで居ると、あのデカダンス*の詩人が晩年に『平凡人としての平和な生活』を痛切に望んだと云う事実を知って、俺は可なり心を打たれた、俺のように天分の薄いものは、『平凡人としての平和な生活』が、恰好の安住地だ。学校を出れば、田舎の教師でもして、平和な生活に入るのだ。」

他人を見る目で自己をみつめる

「無名作家の日記」では、作者の友人たちや、作者の身辺に起こった出来事が材料に使われている。作中人物の山野・桑田のモデルが、それぞれ芥川・久米とみなされるということはすでにのべた。中田博士とは上田敏博士である。このほか、山野が『×××』創刊号に発表し、「俺」を感服させた作品「顔」は、第四次『新思潮』創刊号にのった芥川の「鼻」をさすと思われる。その「顔」に続く山野の「邂逅」を激賞したという「文壇の老大家」は当然夏目漱石であろう。また同じ山野の文壇への進出作「廃人」とそれの掲載された雑誌『△△△』が、それぞれ芥川の「手巾《ハンケチ》」、『中央公論』を指すであろうことも前後の事情から容易に想像される。さらに、山野らから冷たく突き返されたという戯曲「夜の脅威」も、これに似たエピソードのまつわる「藤十郎の恋」とみることができよう。

* décadence　フランス語。十九世紀末のフランスを中心に起こった頽廃《たいはい》的な芸術思潮。病的で、異常な情調を重んじた。ヴェルレーヌは、ボードレールやランボーとならぶこの派の代表的詩人。

こうした実在の人物や事件がこの作品のモデル、ないしは素材として使われているのであるが、もちろん事実がすべてそのまま描かれているというわけではない。むしろ素材としての事実はたくみに変形され、虚構化されているといったほうがよい。第一に、同人雑誌『×××』が『新思潮』であることに間違いないとしても、それが第三次のものか、第四次のものかという点は必ずしもはっきりしないのである。主人公が京都に移った翌年の春に発刊されたとなっていることから類推すれば、第三次のそれとも思えるが、描かれている出来事はむしろ第四次時代のもののほうが多い。たとえば、芥川の「鼻」が漱石の推称を受けたことや、「藤十郎の恋」が同人たちの不評をこうむったことは、ともに第四次の『新思潮』時代のことである。さらに、第三、四次の『新思潮』を通じて菊池が同人から除外されたという事実はないし、また小説中に描かれているほど陰険な競争意識が芥川と作者の間にあったとも思われない。こういった点から、「無名作家の日記」を鑑賞するにあたっては、モデルをめぐってのせんさくはそれとして、作者のたくみな創作技術にも十分留意する必要があろう。

上田敏（明治44年、37歳ごろ）

「無名作家の日記」は、自伝的な内容が、「俺」という一人称で語られているという点で、私小説としての形式をそなえている。しかし、一般に私小説といわれるものが、ともすれば作者の主観や詠嘆によって客

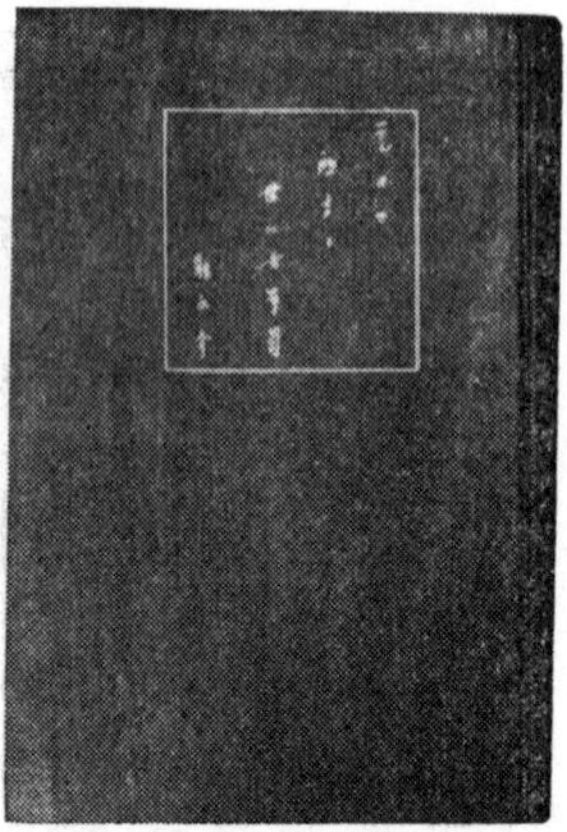

『啓吉物語』初版本の表紙
（装丁は芥川龍之介）

観性をそこなわれがちであるのにたいし、この作品はそうした弊害からきれいにまぬかれている。友人たちとくに山野のさっそうとした文壇的成功にはげしい嫉妬と反発をいだく主人公が、やがて自己の非才を悟り、「平凡人としての平和な生活」を望む諦観《ていかん》の境地に行きつくまでの心理的経過が赤裸々《せきらら》に、しかも他人事のような冷静さで表現されているのである。主人公の心理に盛られたエゴイズムには小説的な誇張があるにしても、そこには芥川や久米に水をあけられた大学卒業前後の作者のいつわらざる心境が反映しているとみてよい。作者はそうした自己の心の内部を、他人を見るのと同じ目をもって観察し、解剖してみせているのである。いってみれば、作者はここで「人間的な興味」を、ほかならぬ自分自身のうえに向けているのである。この作品において、作者がある事実は取り除き、ある事実には虚構を加えるという作業を行なったのも、この「人間的興味」をみにくい自己の心理の剔抉《てっけつ》という一点にしぼるための必要からであったにちがいない。

　菊池寛のこのような自己観察の態度は、この作品における中心的な興味となっているばかりでなく、いわゆる「啓吉物」と呼ばれるかれの私小説全般に共通する特徴でもある。いわば「無名作家の日記」は、かれのすべての私小説の原型である。その意味ではこの作品は、他の「啓吉物」とも関連させて読まれるべきであろう。参考までに『啓吉物語』と題する単行本（大十三・二、玄文社刊）に収められた代表的な「啓吉物」十九編を左に列挙しておこう。

○少年時代を題材にしたもの――「盗み」

○学生時代を題材にしたもの――「従妹」「まどつく先生」「青木の出京」「祝盃」「天の配剤」「将棋の師」「無名作家の日記」「葬式に行かぬ訳《わけ》」「大島が出来る話」

○新進作家となってからのもの――「父の模型」「盗人を飼う」「R」「盗者被盗者」「出世」「我鬼」「妻の非難」「啓吉の誘惑」「肉親」

このほか、同書には収められていないが、「啓吉物」の傑作として「死者を嗤《わら》う」（大七・六『中央文学』）がある。また、小説ではないが、「自叙伝の傑作」といわれる「半自叙伝」がある。これも広い意味で「啓吉物」に含めてよいものである。

忠直卿行状記

「人情の世界から一段高い処に、放り上げられ、大勢の臣下の中央に在りながら、索寞たる孤独を感じて居るのが、わが忠直卿であった。」（原文より）

文壇的地位をかためた出世作

「忠直卿行状記」は、「無名作家の日記」につづき、大正七年九月の『中央公論』に発表された短編小説である。のち作者自身の手によって脚色され、上演された。

この作品は作者が文壇での地位を不動のものにした記念すべき出世作であるとともに、かれの代表的な歴史小説の一つに数えられるものである。家臣たちとの人間的なコミュニケーションを断たれてしまった一封建領主が、孤独感から絶望へ、さらに狂乱の状態へと陥って行く悲劇を描いた小説で、身分にしばられる封建制度下での人間関係のうちたてがたさという主題がみごとに浮きぼりされている。その意味では、作者の提唱した、いわゆる「テーマ小説」を代表する作品でもある。

正確にいうと、「忠直卿行状記」は『中央公論』へ掲載する際にはじめて書き下ろされた作品ではない。「生涯編」のほうでもふれたが、「半自叙伝」に次のような記事があるのである。

「その頃、僕の所へ初めて、小説を注文しに来た雑誌があった。それは、『斯論』と云う雑誌である。その記者は落合と云う人であった。私は『暴君の心理』と云う二十枚ばかりの小説を書いて、一枚五十銭の原稿料を貰った。この『暴君の心理』を改作したものが、『忠直卿行状記』である。

私に、最初の原稿料をくれた人として、この落合と云う人は忘れられない人である。」

ここで菊池寛が「その頃」といっているのは、かれが結婚して小石川武島町の裁縫の師匠の家に間借りしていた、大正六年の秋ごろのことである。はじめてもらった原稿料についての記憶と結びついていることなどから考えて、ここに書かれたかれの記憶には大きな間違いはないものと思う。とすると、現在の「忠直卿行状記」は原稿にして七十枚近い長さであるから、はじめに書かれたものの三倍以上の分量になったことになる。改作前の「暴君の心理」がどのような内容であったかは残念ながらわからない。しかし、この二つの作品の関係には、『新思潮』に載せてもらえなかった最初の「藤十郎の恋」と、のちに改作されたそれとの関係に似たところがあるように思える。

単行本に収められた『忠直卿行状記』

発表当時のこうした事情はともかくとして、史伝上に名高い暴君松平三河守忠直の行状に、作者独自の人間解釈をあてて書かれたこの「忠直卿行状記」は、発表されるや、まず生田長江の絶賛を浴び、作者菊池寛は、一躍、文壇の中央におどり出ることになったのである。以下例によってこの小説の梗概を追ってみることにする。

人間の世界から疎外された領主の孤独

わずか十三歳の若さで越前六十七万石の大封を継いだ少将忠直卿は、幼時から我儘いっぱいに育てられた。性質も奔放で、癇癖《かんぺき》が強く、何事においても人におくれをとったという記憶をもたない。じじつ、蹴鞠《けまり》・破《は》魔弓《まきゅう》、将棋、双六《すごろく》といった遊芸から、弓馬槍剣の武芸に至るまで、家臣のうち誰一人として忠直に敵する者はいないのである。このため、忠直卿は天下に我一人という絶対的な優越意識を身につけている。

その忠直が、元和《げんな》元（一六一五）年五月七日の大阪夏の陣で、味方の軍勢を出し抜き真田《さなだ》幸村《ゆきむら》らの豊臣勢を一気に壊滅させて大阪城一番乗りを遂げる。前日の行動を祖父家康にとがめられたのに発憤し、狂気のように自軍を叱咤《しった》して攻め入った結果の手柄であった。戦いののち、忠直は諸侯の面前で家康から「日本*樊噲《はんかい》」とほめそやされ、初花《はつはな》の茶入れをほうびにもらう。面目をほどこした忠直の得意は絶頂に達する。

**北の庄に帰ってからの忠直卿は、城中において連日のように武芸の仕合を催す。家中の武士たちと槍や剣を交え、かれらをさんざんに打ち負かすことが、優秀者としてのかれの誇りと満足感をかきたてるのである。

* 樊噲　漢の武将の名。鴻門の会に主人劉邦《りゅうほう》（高祖）の危急を救い、その功によりのち舞陽侯に封ぜられた。
** 北の庄　現在の福井市。

仕合のあった日の夜はきまって無礼講の大酒宴が開かれた。

ある槍術仕合の催された日の夜である。酒宴を中座し、小姓一人をつれて奥へ引きあげようとした忠直卿は、ふと月光に照らされた静かな庭のたたずまいに興をそそられて、しばしそぞろ歩く。思いがけなくもかれはそこで二人の家臣の会話を立ち聞きする。姿は見えないが、その声は家中きっての槍の使い手小野田右近《うこん》と大島左太夫である。二人とも今日の槍術仕合で忠直卿にみごと打ち負かされた相手である。主君が近くにいるとは夢にも知らぬ二人は、やがて忠直卿の槍の技量の噂《うわさ》をはじめる。「殿のお噂か！　聞えたら切腹物じゃのう」と苦笑する右近に、左太夫が真剣な口ぶりで意見を聞く声が忠直卿に聞こえる。

「蔭では*公方《くぼう》のお噂もする。何うじゃ、殿の御腕前は？　真実の御力量は？」

続いて右近の答える声が聞こえてくる。

「さればじゃのう！　いかい御上達じゃ。」

忠直卿は、はじめて「臣下の偽らざる賞賛を聞いた」ような満足感を覚える。が、それは束《つか》の間のことに過ぎなかった。忠直卿の一生を大きく狂わせてしまうような言葉が、続いて右近の口から洩れたのである。

「以前ほど、勝をお譲り致すのに、骨が折れなくなったわ。」

とっさに機転をきかした小姓の咳《せき》ばらいで、二人は驚いて会話を中止するが、忠直卿は、いきなり「土足を以て、頭上から踏み躙《にじ》られたような」はげしい憤怒《ふんぬ》に襲われる。それは忠直卿にとって、生まれてはじめ

＊公方　おおやけ・朝廷・幕府などの意味があるが、ここでは征夷《せいい》大将軍の意。

て味わう恥辱であった。と同時に一方では、それまでの自分の誇りを支えていたすべての土台が、根底から崩れ去ってしまったような空虚な淋しさを覚えるのであった。忠直卿の感情は収拾のつかぬほど混乱する。が、ようやくのことでその場の感情をおさえると、心中に何事かを決したごとく、明日もまた槍術の仕合を行なうと家臣に触れさせる。

翌日の試合は前日同様、忠直を大将とする紅軍と右近のひきいる白軍の対決で行なわれた。紅軍はその日も旗色が悪く、最後の忠直卿が出たとき、白組には大将の右近、副将の左太夫をふくめ六人の不戦者が居残っていた。しかし、最初の四人は熱に浮かされたように興奮した忠直卿の槍先に恐れをなし、早々に敗退してしまう。次は左太夫の番である。忠直卿は興奮を押し殺した口調で、真槍《しんそう》の試合を申し入れる。家中の者は一様に色を変じ、殿御狂気かと疑う。忠実な国老が懸命にいさめるが、忠直卿はきかない。異様な殺気に満ちた中で左太夫はいさぎよく真槍をとりあげ、主君に向かう。前夜の立ち話の一件がもとで殿の成敗を受けるのだと覚悟した左太夫は、三合ばかり手を合わせるとあっさり主君の槍を左の高股に受けて倒れる。続いて出た右近も左太夫と同じ覚悟であった。五、六合簡単に立ち合ったとみるや、わざと右の肩に忠直卿の槍を受けて倒れる。二人の見えすいた負けぶりに、勝った忠直卿の心は楽しまなかった。しかもその夜遅く、傷を受けた両人が相前後して割腹したことを知らされ、いよいよ暗然《あん》たる気持ちになる。

真槍《しんそう》仕合ならば、自分の本当の技量を知ることができようというのが忠直卿の考えであった。しかし、二人の家臣は命を賭して嘘《うそ》を貫いたのである。忠直卿は、それまでの自分のはなばなしい勝利をどこまで信じてよいのか、わからなくなってしまう。遊芸や武芸における自分の技能を称賛した家臣たちの言葉が、いまはすべて不快な記憶のたねになってしまったのである。忠直卿は、はげしい焦燥《しょうそう》と孤独を感じる。

真槍試合ののちは、忠直卿はふっつりと武芸の稽古から遠ざかる。殿のかんしゃくが高じたと信じる家臣は戦々恐々《せんせんきょうきょう》として主君の機嫌を損じまいとつとめる。ある夜の宴席でその忠直卿がめずらしく上機嫌に見えたことがある。小姓の一人がここぞとばかりに、

「殿には、何故この頃兵法座敷には渡らされませせぬか。先頃のお手柄に、ちと御慢心遊ばして御怠慢と、お見受け申しまする。」

と機嫌をとった。すると忠直卿はたちまち顔色を変じ、杯盤をその小姓のひたいに投げつけた。恥ずかしめを受けた小姓はその夜自害する。

それから十日ほどのち、忠直卿は老家老と碁を囲んでいた。忠直卿は三番続けて勝った。正直で、人の好い老人は、

「殿は近頃、いかい御上達じゃ、老人ではとてもお相手がなり申さぬわ。」

とほめた。すると忠直卿はいきなり立ち上がって碁盤を足蹴《あしげ》にした。主君から理不尽な恥辱を受けた老人はその夜切腹して果てる。

時とともにこうした忠直卿の乱行がつのって行く。家臣をまったく信用しない忠直卿は、国老たちの建言や勧告を意地になってしりぞける。そのために国政は日に日にすさんで行った。こうした自棄的な態度は、

やがて忠直卿自身の根本的な生活にも食い入って行った。今まで何の疑いもなく寵愛していた愛妾たちの心も信じられなくなったのである。ただ傀儡《くぐつ》のように服従することしか知らぬ彼女らに絶望した忠直卿は、ほんとうに人間らしい異性の愛を得ようとして、ある時三人の家臣の女房を不時に城中に召し寄せそのまま足止めさせる。

妻をとりあげられた三人の家臣のうち、二人は切腹をもって主君の非道に抗議するが、残る一人浅水与四郎は、城中に乗り込み、主君に目通りを願い出て回りの者を驚かせる。しかし忠直卿は意外にも上機嫌で与四郎に目通りを許す。思いつめた与四郎は匕首《あいくち》をもって主君に飛びかかるが、忠直卿はこれをとりおさえる。が、与四郎は何のとがめも受けないばかりか、「まことの武士じゃ」とほめたたえられ、妻とともに退出させられる。忠直卿は、与四郎との間に人間的な交渉をもてたことと、その与四郎の必死の攻撃をとりおさえたことによって、掛け値のない自分の技量を試し得たことに心から満足したのである。

しかし、忠直卿のよろこびは、その夜与四郎夫婦が枕を並べて自殺をとげたことによりふたたびかき消される。かれの乱行は以前にも増して残虐性を帯び、その被害は家臣だけにとどまらず、罪もない民の上にまで及ぶ。幕府においてもこうした状態を放置するわけにゆかず、忠直卿の生母清涼尼《せいりように》を通じて改易*の沙汰が伝えられる。

忠直卿は意外にもあっさりとこの処置に服し、六十七万石の封城を惜しげもなく捨てると、配所たる豊後《ぶんごの》

＊ 改易　江戸時代、武士にたいして行なわれた刑の一つで、家禄や屋敷を没収すること。

国《くに》府内に向かう。途中敦賀で入道し、名を一伯と改めたが、この時かれは三十の年を越したばかりであった。府内で忠直卿警護にあたった竹中妥女正《うねめのしょう》重次が、家臣に録させて幕府の執政に送った「忠直卿行状記」によると、忠直卿の晩年の生活は、暴君と呼ばれた昔の面影などまったくなく、百姓・町人とも親しく交わり、よろずにつつしみ深く、平安そのものであったという。

大名などに再びとは生れまじきぞ

「忠直卿行状記」は、史伝上に暴君として名高い参議松平三河守忠直の逸話を小説化したものである。作者の「ヒューマン・インテレスト」が、この作品においても明らかな基調となっている。小説との比較のため、歴史家によって伝えられている忠直の大体の輪郭をなぞってみよう。

忠直の父越前宰相秀康は、徳川家康の第二子であったが、子として愛されず、少年時代には一時、豊臣秀吉の養子（実は人質）に出されるなど、終始、家康から冷遇された。のち家康の上杉討伐の際に功があったのを認められ、越前六十七万石（一説には七十五万石）の城主に封じられたが、弟の秀忠が第二代将軍になったことなどから、徳川本家にたいして強い憤懣《ふんまん》の念をいだいていた。その秀康が三十四歳の若さで世を去ったのが、慶長十二年、嫡男の忠直は十三歳であった。

このとき忠直は六十七万石の大封とともに、徳川本家にたいする父親のうらみを無意識に受けついだのである。この意識は成長するにつれてしだいにかれの心の中にはっきりとした形をとって行く。大阪夏の陣では、めざましい武功により少将から参議に昇進したが、将軍家（秀忠）の兄の家柄としての高い誇りを持つ忠直には不足であった。これに加えて、家康の死後、義直（家康の第九子）・頼宣《よりのぶ》（第十子）が、忠直を越えて中納言に出世したことがかれの自尊心を大きく傷つけた。

こうした不満と反抗心とから忠直は次第に酒色に溺《おぼ》れるようになり、その所業も無軌道を増して行った。その様子は、新井《あらい》白石の『藩翰譜《はんかんぷ》』という書物に次のように記されている。

「大御所かくれさせ玉ひし後は、天下に恐れ憚《はばか》りたまふ人なく、明けても暮れても、酒と色とに耽けり、関東に参らせられん期いたりぬれど、参らんともしたまはず。おとなどもの、色々に諫め申すによつて、力なく国をば立ちて、道すがら鷹狩、川狩に、面白き境にては幾日も幾日も逗留し、又ある時は俄に病気とて引返し国に帰り、少しも心に違ふ事あれば、男女にかぎらず立ち所にみづから切り捨て給ひし者、いくらといふ数を知らず。」

家康の死んだ元和二年ごろからはじまる忠直のこうした乱行は、このほか『古今武家盛衰記』、『続片聾記《へんろうき》』、『越陽秘録《えつようひろく》』といった書物によってさまざまに伝えられているといわれる。しかし、それらの記述にはかなりの誇張もまじっているようである。

いずれにしても、こうした乱行がもとで忠直は元和九（一六二三）年五月に改易の処分を受け、豊後国荻原（小説に「府内」とあるのは、忠直を預かった竹中采女正重次の城領である）に流される。途中入道して一伯（または一白）と名を改める。忠直は二十九歳であった。しかし、荻原は人里に近く、逃亡のおそれがあるとして、さらに三里奥の津森(または津守)に移された。以後忠直は二十五年の平穏な春秋をこの配所に過ごし、慶安三年(一六五〇年)九月十日、五十六歳で没したのである。

以上が歴史の上に伝えられている一般的な忠直像である。菊池寛が「忠直卿行状記」を執筆するにあたって、どのような書物をとくに材料としたかは、はっきりしない。が、少なくともこの小説に描かれた忠直の世界が、右にのべたような史伝上の事実をそのまま忠実に再現したものでないことは理解できる。たしかに小説に扱われている地名や人名や年号といったことは、ほとんど歴史上の事実と一致している。むしろそれは歴史そのままといってよいくらいである。しかし、それらの事実を小説化するに当たって、作者はさまざまな工夫をこらしているのである。たとえば、忠直卿が庭で家臣の立ち話を盗み聞きするくだりは、作者自身の体験にもとづくフィクションである。かれは高師時代、かなり親しくしていたある友人が、かれの英語の成績の悪いのをたねにして悪口をいっているのを立ち聞きし、いたく心を傷つけられたことがある。忠直卿の立ち聞きはそれにヒントを得ているのである。

とくに重要な点は、作者がこの小説に盛りこんだテーマの特異性である。歴史的に見た場合、忠直改易の理由にはむろん忠直自身の度を過ごした乱行ということがあった。しかし、基本的には、お家安定のためには、反抗するものは一門といえども容赦なく切って捨てるという、きびしい将軍家の基本政策の犠牲としてみることができるのである。秀忠の将軍時代だけでも、改易処分を受けた大名が、外様《とざま》に二十一家、徳川一門を含む譜代にさえ十五家あった(南条範夫『大名廃絶録』)という事実からもこのことは説明される。

これにたいして、「忠直卿行状記」の作者は、主人公忠直の心理に人間的興味をふり向け、まったく独自な人間解釈を試みている。誇り高い、奔放な主人公忠直は、ある日とつぜんに自分が虚偽の壁によって、人間的な信頼や愛の世界からしゃ断されてしまっていることに気づく。かれはその壁を突き破り、正常な人間関係を回復しようと試みる。しかし、そうした忠直の努力にたいして、家臣たちは、ただ隠忍と服従という非人間的な行為によってしか答えないのである。わずかに、妻を奪われたことを恨み、忠直に切りつけんとした与四郎の人間的な行為だけが、忠直の心に一筋の光明を投げかけるが、それも一時的なものに終わってしまう。与四郎が自害してしまうからである。絶望的な疎外感が、忠直を収拾のつかない乱行へとかりたてる。

「忠直卿行状記」の忠直は、こうした悲劇の主人公として描かれているのである。改易されたことによって、逆に救いがもたらされるという結末のパラドックスは、このユニークな作者の人間解釈に支えられ、なまなましい現実感をともなってわれわれに迫ってくる。「大名などに再びとは生れまじきぞ」と洩らしたという晩年の主人公の感懐には、一種の近代的なニュアンスさえ感じられよう。

ところで、この作品については、次のような作者自身の解説があることをつけ加えておきたい。

「昔の川柳に「若殿の将棋桂馬の先が利き」と云ふのがある。又、水戸黄門の儒臣板倉宗瞻《せん》が「自分は大名に生れなかつたことを仕合せだと思ふ。大名に生れると、家来達が何事にも、御尤も〳〵と云つて、馬鹿にしてしまふ」と、黄門に直言したと云ふ話がある。封建主義が、民衆を不幸にしたと同時に、その君主達の人間生活をゆがめていた事実を描いたものである。（中略）しかし、その描き方や構想は、やゝ粗雑な嫌ひがある。」（吉川英治、新潮文庫『忠直卿行状記』解説）

この解説の署名は吉川英治となっているが、実は作者菊池寛が代筆したのだといわれているのである。昭和二十三年三月に初版の発行されたこの文庫本には、他に九編の短編が収められ、解説もそれぞれの作品にわたって行なわれている。晩年の作者が、自分自身の初期の作品をどのように見ていたかをうかがうことができ、興味がある。

屋上の狂人

「一幕物を書くことは、三幕物を書くよりも、もっとむつかしい。たゞ、一幕物と云えば、きわめて手軽にきこえるので、世に一幕物を志す人達が多いが、一幕物にこそ、凡ての劇の本質が宿っていること、あだかも一刀流に於て、『打込む太刀は真の一刀』を重んずるのと同じだ。」（「一幕物に就て」）

「父帰る」に続く舞台での成功

「屋上の狂人」は、菊池寛が大正五年五月の第四次『新思潮』に発表した一幕物の戯曲である。「父帰る」の発表が翌六年の一月であるから、それよりもおよそ八か月ほど前に執筆されたことになる。菊池寛は、この作品の発表に際して、それまで使っていた草田杜太郎のペンネームを廃し、はじめて本名を用いた。はっきりした動機は不明であるが、ひとつにはこの作品の執筆、発表の時期がかれの大学卒業時期と重なっていることからみて、文学青年風なペンネームよりも本名を知れておくほうが、卒業後文壇に乗り出すのに有利だと考えたためであろう。いずれにしても、この作品以後はすべて本名が使われ、「海の勇者」（七月）、「閻魔堂」（八月）、さらに「父帰る」などの作品の発表が続く。しかし、この当時は「屋上の狂人」だけがわずかに仲間うちである久米正雄にほめられた程度で、「まだ原稿が売れそうな曙光はおろか、一縷《る》の望みもない」というのが、かれの置かれていた状況であった。（「半自叙伝」）

このころ書かれた戯曲のうち、まず最初に日の目を見たのが「父帰る」であったことは、すでに紹介したとおりである。「屋上の狂人」は、その「父帰る」成功のあとを受け、先代の守田勘弥、故市川猿之助（晩年には猿翁といった）、それに女優村田かく子といった顔ぶれで、大正十年二月の帝国劇場の舞台にかけられたのである。この公演がふたたび大好評を集めた。しかも今度は短期間の公演ではなく、二十五日間の普通興行として上演されたのである。歌舞伎劇でもなく、また新派にも属さない、このまったく新しいタイプの現代劇が、こうした長期興行の対象になったことは、まさに驚異に価する出来事であったといえる。これによって菊池寛の戯曲家としての名声は、いやがうえにも高まったのである。

「屋上の狂人」は作者の故郷讃岐《さぬき》が舞台になっており、ゆたかな地方色に富んでいるという点で同時期に書かれた「海の勇者」や「父帰る」と共通するものをもっている。これは、かれが京都大学時代に好んで読んでいたというアイルランドの近代劇、とくにシングの戯曲から多くの作劇上の暗示を受けていたことを示すものであろう。

当時の帝国劇場

「屋上の狂人」の舞台（帝国劇場，大正10年2月，早大演劇博物館蔵）

狂える兄をいたわる賢い弟

時は明治三十年代。場所は瀬戸内海に浮かぶ讃岐領の小さな島である。その島きっての財産家、勝島家の裏庭が舞台に設けられている。左手には初夏の陽光に照らされた南国の海が光ってみえる。幕があき勝島家の長男義太郎（二十四歳）が、正面に見える屋根の上にうずくまり、一心に海を見つめている。義太郎は生まれながらの狂人で、やたらと高い所に登っては金毘羅《こんぴら》の天狗《てんぐ》様を拝んだり、話しかけたりするのである。かれには小さな子どものときから、仏壇や棚のうえにはいのぼる奇癖があったが、それが成人するとともに、いよいよ高じ、しまいには十数間もある家の公孫樹《いちょう》の大木や、危険な寺の大屋根に登るようになった。このため邸内の大木はかれが登れないようにすっかり切り払われてしまっている。家には座敷牢もあるのだが、家人としては肉親の情から、いつもそこにかれを閉じこめて置くのに忍びないのである。義太郎はそうした家の人の目を盗んでは屋根に登る。家人もそれだけは防ぎようがないのである。あるときは足場がくずれて下に落ちたこともある。そのときの怪我《けが》が原因で、義太郎は狂人であるうえに、ちんばである。

その義太郎の姿が見あたらないのに気づき、家の外に出て来た父親の義助が、屋根を見上げ、義太郎に降りてくるようにいう。しかし、天狗の正念坊との対面で夢中になっている義太郎にはいっこう通じない。義助は下男の吉次を呼び、義太郎を屋根から降ろすように命ずる。はしごを取りに行った吉次のあとに、隣家の藤作が登場する。義助に同情する藤作は、島に来ている金毘羅の巫女《みこ》に祈禱《きとう》してもらってはどうかとすすめる。お礼は結果次第だと聞かされた義助は、一も二もなくためしてみることに決め、藤作に手配を依頼する。はしごを持って出て来た吉次がむずかる義太郎をむりやり屋根から降ろすのを見とどけると、義助は家の中にいる妻のおよしを呼び出し、祈禱を頼んだことを話す。たよれるものにはなんでもすがりたい一心のおよしにも、異存のあろうはずはなかった。

やがて藤作が巫女を伴ってあらわれる。巫女は神にお伺いをたてると称し、あやしげな呪文とともに、狂気じみた身振りを示すと、いったん昏倒して立ち上がり、荘厳なつくり声で金毘羅権現のお告げを伝える。それは、義太郎には狐がついているので、それを落とすためにかれを木の枝につるし、青松葉でくすべてやらなければならぬというのである。一同はこの怪しげな祈禱をひたすら恐縮して見守るばかりだが、義太郎だけはまったく無関心である。

義助はお告げに示された方法がむごいのに少々当惑を感じるが、お告げを守らぬと神罰をこうむるとおどす巫女の言葉にうながされて、しぶしぶ吉次に青松葉の用意を命じる。義太郎は巫女にむかってあざけるような口調で、

「金毘羅さんの声はあなな声でないわい。お前のような女子《おなご》を、神さんが相手にするもんけ。」

という。

巫女は自尊心を傷つけられ、むきになって義太郎を罵倒する。母親のおよしは事の成り行きをただおろおろと見守るばかりである。義助は吉次の手を借り、青松葉の煙の中に義太郎の顔を突き入れようとするが、義太郎は大声をあげて抵抗する。

このとき、義太郎の弟末次郎（十七歳）が、不意に学校から帰ってくる。末次郎は兄の義太郎とはうって変わった評判の秀才で、高松の中学に出ているのである。狂人の息子《むすこ》をかかえた不運な両親も、この二番目の息子がいることによって、つねづね心を慰められているのであった。

末次郎の姿を見ると、義太郎は急に救い主を得たような歓喜の表情を浮かべ、

「末か。お父や吉が、よってたかって俺を松葉で燻《くす》べるんや。」

といって訴える。

すぐに事の次第を了解した末次郎は、怒る巫女を尻目に、あらあらしく松葉を踏み消す。そして詐欺《さぎ》師同然の巫女の言葉を信じて、おろかな行為に走った父親を叱る。しかし、父親にしてみれば、医者の手でもなおらないことがはっきりしていればこそ、こうした神だのみに望みをかける気にかられてしまうのであった。

それをいいかける父親にむかって末次郎はこういう。

「御医者さんが癒らん云うたら癒りゃせん。それに私がなんべんも云うように、兄さんがこの病気で苦しんどるのなら、どなな事をしても癒して上げないかんけど、屋根へさえ上げといたら朝から晩まで喜びつ

づけに喜んどるやもの。兄さんのように毎日喜んで居られる人が日本中に一人でもありますか。世界中にやってありゃせん。それに今兄さんを癒して上げて正気の人になったとしたらどんなもんやろ。二十四にもなって何も知らんし、イロハのイの字も知らんし、ちっとも経験はなし、おまけに自分の片輪に気がつくし、日本中で恐らく一番不幸な人になりますぜ。それがお父さんの望ですか。何でも正気にしたら、ええかと思って、苦しむために正気になる位馬鹿なことはありません。」

末次郎はこういうと藤作にむかい、すぐさま巫女を連れ去るよう要求する。侮辱を受けた巫女は憤慨し、神がかった態度でさんざんに末次郎に悪態をつくが、末次郎は容赦なく巫女を突きとばし、藤作ともども追い出してしまう。どうなることかと心配して見守っていた両親も、巫女が去ってみると何となく救われたような気になるのであった。

「僕は成功したら、鷹の城山のてっぺんへ高い〳〵塔を拵《こしら》えて、そこへ兄さんを入れてあげるつもりや。」末次郎はこんなことをいって父親を安心させる。義太郎はと見ると、騒ぎの行なわれていた間にいつのまにかまた屋根にあがっている。見上げる四人は思わず微笑を交わす。

やがて両親たちは家に引きあげ、末次郎だけが庭に残る。その末次郎に義太郎が屋根の上から話しかける。

「ほらちょっと見い！　綺麗《きれい》やなあ。」

かれは美しい夕日に輝く雲の中に金色の御殿を見ているのであった。末次郎は自分も狂人でないことを残念に思うような口調でそれにこたえる。

「あゝ見える。えゝなあ。」

屋上の兄と、地上の弟は歓喜を分け合うごとく金色の夕日を見つめる。

帝国劇場における「屋上の狂人」初演当時の模様を三宅周太郎は次のように伝えている。

万人に訴えた逆説的なテーマ

「狂人の役は先代守田勘弥、弟の学生は猿之助、そしていい役の巫子は現存の村田かく子だった。これもまたすばらしいヒットとなった。まず勘弥の役が本人のがらによくはまって、幕があくといきなり屋根の上につっ立つ怪奇な人間になりえ、それだけですでに効果百パーセントだった。セットも当時としてはリアルでもあり、そこに一味の様式化もある好舞台で、この装置は田中良氏と覚えているが優秀だった。」

（「出世作『父帰る』初演のことなど」）

当時の観客に与えた感動が、いかに新鮮であったかが想像されるような文章である。

一般的に戯曲が舞台で成功する条件として次の三つのことが考えられる。一つは戯曲それ自体の内容、次にそれを舞台にのせる演出家や俳優の技術、もうひとつはそれを受け入れる社会的な事情である。「屋上の狂人」をまず戯曲としてみた場合、そこに、一つのはっきりとしたテーマが盛られていることが指摘できる。それは幕切れ近くの末次郎の台詞にあるとおり、狂人をむりやり常人にたち返らせても、かならず幸福になるとは限らないという一種の逆説である。しかも、この逆説的なテーマはけっして抽象的な難解なものではない。ゆたかな地方色を背景に登場する人物たちのリアルな動きや会話を通して、それはきわめて自然な形でわれわれの心を納得させるのである。

主人公の義太郎は狂人であり、それ以外の人物はすべて正常のはずである。ところが、その義太郎をグロテスクな巫子と対比させてみると、われわれはいずれが狂人で、いずれが常人かという判断に迷わざるを得ない。神がかった行事を大まじめに演じる巫子の姿のほうが、それを軽蔑的に眺める義太郎より、むしろ狂人に近いのではないかと疑われるのである。父親の場合も同様である。神のお告げにそむくまいと、いやがる義太郎を煙にくすべる義助の努力が真剣であるだけに、その姿は滑稽であり、また何よりも常規を逸している。義太郎がいやがるのは当然であり、その意味ではかれはむしろ常人である。われわれは劇の進行とともに狂人について持っている常識的なイメージをくつがえされてしまう。こうして最後の末次郎の台詞に盛られた逆説は、何の抵抗もなくわれわれの心に通じるのである。それは小むつかしい逆説であるどころか、われわれの日常生活に直接隣り合った身近な人生の問題である。こうした平明なテーマの存在は、この戯曲上演を長期にわたって成功させた最大の理由であろう。

ところで「屋上の狂人」は戯曲である。演劇そのものではない。あたりまえのことではあるが、戯曲というものを考える場合に、このことは一応注意しておく必要がある。というのは、戯曲を鑑賞することと、舞台にかけられたそれを見ることとは、おのずから別な問題だからである。後者の場合、観客は演出家や俳優たちによる戯曲の鑑賞態度を鑑賞するという立場に立たされるのである。したがって戯曲そのものを鑑賞するのとは違う。

戯曲は本質的に文学である。したがって、それを演じる俳優や演出家は一般の読者と同様に、なによりもまず文学としての戯曲の読者でなければならない。そのかれらの鑑賞態度は、直接上演の成否に大きなかかわりを持つのである。まえに引用した三宅周太郎の文章は、作者の意図を正しく生かした演出や演技面での成功のことをおもに語っていると考えてよい。すでにのべたとおり、「屋上の狂人」のテーマはきわめて平明であり、しかもわれわれの人生の問題に触れている。これがそのまま演出家や俳優の心に伝わり、さらに観客の心を動かしたというところにこの戯曲が舞台で成功したもう一つの理由があるわけである。

さらにもう一つ、「父帰る」、「屋上の狂人」などの成功が、歌舞伎俳優たちによって支えられたという、当時の演劇界の事情も考えてみる必要がある。このことについて菊池寛自身次のように説明している。

「当時は所謂第一期の新劇運動が、その発生した方面に衰えて、却って従来の劇場方面に興り、玄人の俳優が漸く新劇に目覚めて来た頃であった。これより先すでに早く、かの『牛乳屋の兄弟』によって令名を得ていた久米と、それまで碌々たる無名作家であった自分とが、この経歴に於て異にするもののあるのは、一つにこれ時代でもあるであろう。」（「自作上演の回想」）

この中で「第一期の新劇運動」といっているのは、明治四十二年に創立され、大正八年に終わった小山内薫らの「自由劇場」による新劇運動をさしている。西洋の翻訳ものや、いわゆる問題劇を強調した「自由劇場」の運動は、結局大衆を観客に動員することに成功しないまま終わったが、その及ぼした影響は大きく、演劇革新の機運は各方面において高まった。歌舞伎畑の市川猿之助らが新劇団を結成し、新劇に意欲を燃やしたことなどもその一つのあらわれである。

こうした機運を背景に、新しい戯曲が次々に商業劇場の舞台にかけられるようになったのであるが、菊池寛の旧作の戯曲があらためて脚光を浴び出したのも、この時期と一致しているのである。「一つにこれ時代でもあるであろう」とかれがいっているとおり、幸運な面もないではなかった。しかし、「父帰る」や「屋上の狂人」をはじめとする菊池寛の戯曲が、数多くの他の戯曲をぬきんじる人気を呼んだことには、それなりの十分な理由がある。それはかれの戯曲が従来の歌舞伎劇や新派劇に求められなかった現代的なリアリズムや、それまでの新劇に欠けていた大衆性といったものを、簡潔な構成、平明なテーマを通じて観客に提供したからである。「屋上の狂人」は「父帰る」とならび、その菊池寛の戯曲を代表するものである。人生の問題に触れたこれらの戯曲のテーマは、大正後期において新鮮に感じられたのと同様に、現代においてもなおその新鮮さを失わずにいるのである。

恩讐の彼方に

「敵と敵とが、相並んで槌《つち》を下した。実之助は、本懐の達する日の一日も早かれと、懸命に槌を振った。了海は実之助が出現してからは、一日も早く大願を成就して孝子の願を叶えてやりたいと思ったのであろう。彼は、又更に精進の勇を振って、狂人のように岩壁を打ち砕いて居た。」（原文より）

青の洞門にまつわる伝説

「恩讐の彼方に」は、はじめ大正八年一月の『中央公論』に小説として発表された。「忠直卿行状記」と並び、菊池寛の歴史小説を代表する作品で、短編集『恩讐の彼方に』（ヴェスト・ポケット叢《そう》書、春陽堂、大一〇）をはじめ、かれのほとんどの選集や全集に収録されている。なお、小説の発表された翌年の大正九年四月には、作者自身の手で三幕物の戯曲に書き改められ、「敵討以上」と題されて『人間』に発表された。

九州大分県の名勝耶馬渓にある青の洞門（一名山陰鑿《さく》道）にまつわる伝説が、この作品の題材である。耶馬渓は山国川中流付近の深い谷を総称する地名で、現在は「耶馬《やば》日田《ひだ》英彦山《ひこさん》国定公園」の一部に指定されている。青の洞門はこの耶馬渓の入口付近にある大岩壁にくりぬかれた隧道《ずいどう》で、禅海という僧の手によって寛延三（一七五〇）年ごろに完成したと伝えられている。この伝説は小川古吉（果仙）という人の書いた『天下第一の名勝耶馬溪案内記』（明三八）や山本利夫（艸堂《そうどう》）という人の『耶馬溪案内記』（大二）といった書物に紹介されている。菊池寛は「恩讐の彼方に」の題材を、「耶馬溪案内記」から得たといっているが、それはこのどちらかの本であろう。洞門の伝説については前者のほうがくわしく、また小説の内容にも近い。

また、この伝説にはかたき討ちの話がからんでいるが、これは菊池寛が歴史小説の中で好んで取り扱った題材の一つである。「ある敵討の話」（大七）、「仇討三態」（大一〇）などはその代表的な作品である。これらの作品に共通するのは、かたき討ちという封建時代の慣習にひそむ非人間性・非合理性といったものをえぐり出し、事件の当事者たちの心に現代的な心理をもり込むことによって、常識的な固定観念をくつがえすという、ユニークな作者の創作態度である。作者のいわゆる「ヒューマン・インテレスト」がこうした題材の中ではもっとも生き生きと働いているのである。

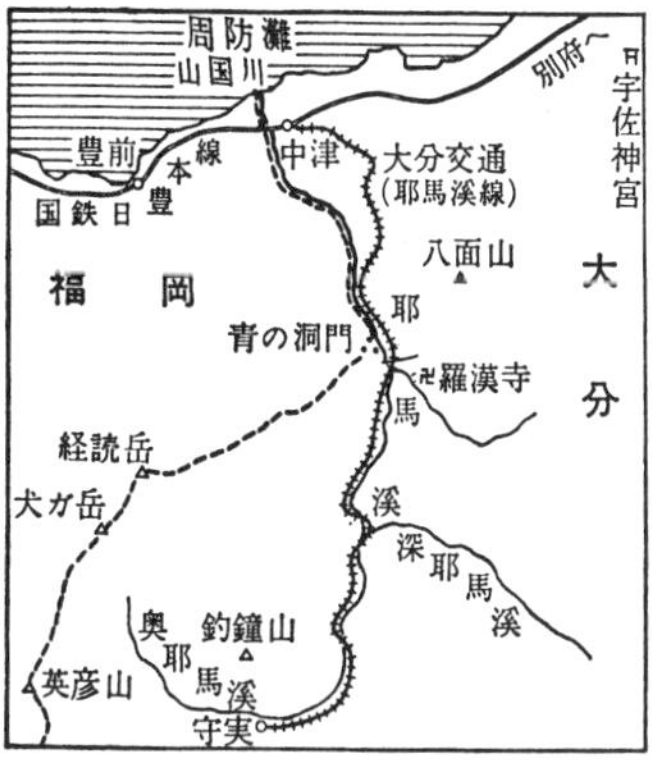

青の洞門付近の略図

偉大なる人間の事業

例のごとくあらすじをたどってみることにしよう。旗本中川三郎兵衛の仲間《ちゅうげん》市九郎は、主人の寵妾《ちょうしょう》お弓と通じたことが露見し、成敗を受けようとしたが、逆に主人を切り殺し、お弓ともども江戸を逐電する。（戯曲ではここまでが第一幕に相当する。）二人は悪事を重ねつつ東山道を上方に向かうが、やがて木曽山中鳥居峠に茶店を張って居つくようになる。表向きはまともな商売だが、その実旅人を相手に切取り強盗を働くのが本職であった。

こうして三年ほどたったある日、かれらの茶店に若夫婦らしい二人連れの旅人が立ち寄る。お弓の教唆《きょうさ》で、市九郎はいつもの如く間道を先回りして二人を待ち伏せる。かれは、むつまじそうなその二人連れを、できれば殺さずにと思ったが、顔を見破られたうえ抵抗を受けたのでやむなく殺す。かれはいつになく後味の悪い思いをしながら、奪った金品をふところにして家に帰る。ところが女房のお弓は市九郎をねぎらうどころか、かれがうっかり女の髪のものをさらってくることを忘れたのに腹を立てる。かれの無能を口ぎたなくののしりながら自分でそれを取りに出かけて行く浅ましい女房の姿を見て、市九郎は自分の罪深い生活を心から後悔する。そして翻然と意を決すると、家を飛び出し、夜通し歩きつづけたのち、通りがかった大垣在の浄願寺という寺にとび込む。（ここまでが戯曲の第二幕にあたり、以下が第三幕にまとめられている。）

市九郎は寺の上人から仏道に帰依《きえ》することをすすめられ、直ちに出家して了海と名乗る。了海はひたすら精進をつみ、半年とたたぬうちにあっぱれな知識になりすます。そして師の許しを得ると、諸人救済の悲願をたてて諸国雲水の旅にのぼる。かれは難渋する旅人を助け、病人を救い、悪路をつくろい、川には橋をかけるなどしながら諸国を遍歴するが、半生の罪業《ざいごう》はあまりに深く、大願成就《じょうじゅ》の機会はなかなかめぐって来ない。

享保九（一七二四）年の秋、豊前の国（現在の大分県）に入り、山国川沿いの道を羅漢寺に向かっていた了海は、途中の樋田《ひだ》駅の近くで、数人の農夫が一人の馬子《まご》の水死体を囲んで騒ぎ合っているのに出合う。わけを尋ねると、上流の「鎖渡《くさりわた》し」の難所で馬もろとも急流に落ちたのだという。「鎖渡し」というのは、山国川の中腹にかけられた鎖結びの桟道《さんどう》で、多い時には一年に十人もの犠牲者が出るというほどの難所である。この難所を一見した了海の心に旺然として一つの大悲願が生じる。二百間にあまるその岩壁に道をくりぬき、尊い人命を救おうというのである。

了海は時を移さず、隧道開さく事業のための寄進に着手するが、村人たちは誰も相手にしない。「瘋《ふう》狂人じゃ」といってかれをあざける者もいれば、「大騙《かた》りじゃ」といって迫害する者もいた。了海は槌《つち》を手にただ一人でその大岩壁をほり始める。人々は、「とうとう気が狂った！」とかれをあわれむ。しかし了海はただ黙々とほり続ける。それは二年、三年と続く。人々の表情はあざけりから驚異へ、また同情へと変わる。誰からともなく食物が供され、了海は托鉢《たくはつ》に出向く必要がなくなる。こうして了海がほり進めた洞窟は、九年目の終わりには二十二間の深さに達する。樋田郷の人々は、ようやく了海の事業の可能性に気づき、開さくに協力する。数人の石工が雇われ、事業は急に、にぎやかになる。しかし、翌年になって、まだ全体の四分の一にも達していないことがわかると、たちまち失望し次々に手を引いてしまう。

しかし、了海はそうしたことにはかかわりなく相変わらずただ一人槌を振り続ける。また三年たち、全体のほぼ三分の一がほり進められる。これを見た村人たちはふたたびもどって来て協力する。しかし、一年ほどたつとまたみんないなくなってしまう。それからまた二年ほどたつと、今度は岩壁の二分の一がすでにほられている。この奇蹟のような出来事を前にして、村人たちはもはや了海の事業の可能性をまったく疑わなかった。近郷近在から何十人という石工が動員され、工事に加わる。

人々は了海に休息をすすめた。それは無理もないことであった。二十年にも近い年月を、暗い洞窟にすわりつづけたた了海の両足は屈伸のならないまでになえ衰え、その両眼はとび散る石の破片にいためられ、盲目同然のいたましさを呈しているのであった。しかし、あとわずかに迫った洞門の完成を前に、了海は頑《がん》として槌を手ばなさない。

このころ市九郎のために非業の死をとげた中川三郎兵衛の実子実之助が、父のかたきを追って九州の土を踏んでいた。十九歳で索敵の旅にのぼってから九年目の春にあたっていた。かれは宇佐八幡の参詣客の噂話《うわさ》から、了海が父のかたき市九郎に相違ないことをつきとめると、すぐさま山国川の「鎖渡し」の現場に直行する。そして、居合わせた石工たちに了海を呼びにやらせると、まもなく乞食のような半死の老僧が洞窟の奥からいざり出て来る。筋骨ゆたかな、にくにくしげな敵の出現を予想していた実之助は、それがめざすかたき、市九郎であるとわかると、張りつめていた緊張がにわかにゆるんでしまう。しかし、このかたき討ちを果たさない限り、江戸に帰り、家名を再興することは望めないのである。実之助は消えかかろうとする憎悪の念を無理にかきたて、了海を討とうとする。

この時、了海の危急をさとった石工たちは身を挺《てい》してかれをかばう。しかし、了海は石工たちをしずかになだめ、隧道の完成を見られないのは残念だが、この相手に討たれる理由は十分にあるといって、いさぎよく実之助の前にすわる。これを聞くと、こんどは石工の棟梁《とうりょう》が実之助の前に進み出て、せめて了海の悲願が達せられるまで、かれの命を預かりたいと訴える。実之助はこれを聞き入れる。

了海は欣然として洞窟にもどり、槌を振る。実之助は、思わぬ邪魔がはいり、江戸への帰還がのびたことにいら立ち、洞窟の中にしのび入り、背後から了海を打とうとする。しかし、深夜にただ一人、経文を誦《ず》しながら鉄槌を振り続ける菩薩《ぼさつ》のような了海の姿にのまれてしまい、果たせない。この上は一刻も早く洞門を完成させるよりほかないと観念した実之助は、自分から工事に加わる。こうして、早くかたき討ちをすませたいと願う実之助と、一時も早く洞門を完成し、同時に実之助に本懐を遂げさせてやりたいと願う二人のかたき同志は、他の石工たちが疲れを休めている深夜にも、時を惜しんで槌を振り合うのであった。

了海がこの岩壁に最初の槌を振りおろしてから二十一年目、実之助にめぐり合ってから一年六か月を経た延享《えんきょう》三（一七四六）年九月のある夜、了海の打ちおろした槌が、ついに最後の岩盤を貫き通す。了海は狂したかと思われるような歓喜の叫び声をあげると、かたわらの実之助の手をとり、うれし涙にむせぶのであった。が、ややあってわれに返ると、

「明日ともなれば、石工共が、妨げ致そう。」

といって、実之助に本懐をとげさせようとする。しかし、実之助の心は、かよわい人間の手がなしとげたこの偉業への驚異と感激でいっぱいであった。了海を殺すことなどは、もはや思いも及ばぬことである。二人

はすべてを忘れ、感激を共にする。

テーマのもつ現代性

まえにのべたように、「恩讐の彼方に」は耶馬溪の青の洞門にまつわる伝説を題材にしたものである。この洞門を開さくしたといわれる僧禅海の略歴は、前記の『天下第一の名勝耶馬溪案内記』に「羅漢寺記録直写」として次のように紹介されている。

「権大僧都《ごんだいそうず》真如庵禅了海《しんにょあんぜんりょうかい》、幼名市九郎と称し越後高田の藩士福原勘太夫の一子なり父の勘気を受け江戸に至り中川家に仕へて浅草に住す後其主中川四郎兵衛を暗殺して遁《のが》る而して諸国に彷徨して更に止まる処なし享保十九年豊前に来り宇佐八幡宮並《ならび》に南山に参拝し窟中の勝景千古の霊場に驚く一日樋田村の上即鎖渡を過ぐ道路狭隘《きょうあい》にして河に臨み岩腹危険にして往来甚便ならず動《やや》もすれば人馬誤《あやま》て河中に墜《お》つ市九郎之を観《み》て慨然大誓願を起し発心《ほっしん》出家して同夜此鎖渡の難道を開鑿《さく》することを勧めたり又江戸中川四郎兵衛の長子中川実之助父の殺害せられたるとき甫《はじ》めて三歳禅海の非道を憤り十三歳にして柳生但馬《やぎゅうたじま》に従ひ日夜武道を励み十八歳にして其《その》奥義を極む而して諸国を歴遊し畿内及東海東山山陰山陽北陸南海等悉《ことごと》く跋渉《ばっしょう》し禅海の所在を尋ぬれども明ならず終《つい》に九州に下り一日宇佐八幡の大廟《たいびょう》に参詣す偶《たまたま》傍人の告に依り禅海の所在を知る嗚呼《ああ》二十年来の宿志将《まさ》に達せんと天を仰ぎ地に伏し直に馳《は》せ来つて海に会し在昔の非義《ひぎ》を詰《なじ》る海曰く既に染衣鎖渡鑿道に着手し其功殆ど垂《なんな》んとす君願くは海に三年の命を仮《か》せ此業竣《おわら》ば謹で君が命に随はんと実之助其至誠に感じ父の讐を復することを緩《ゆる》ふし却て之に力を与ふ幾何《いくばく》もなく鎖渡鑿道の功竣《お》へ一週間水《すい》陸摩訶《りくまか》法会《ほうえ》を厳修し中川四郎兵衛の霊に供養す此《ここ》に於て実之助懇《ねんご》ろに暇をなし江戸に帰り此状《このじょう》を告ぐ一族敢《あえ》て怒らず聞く者感動せざるなしと云ふ（後略）」

「恩讐の彼方に」にはここに伝えられている僧禅海の履歴や行跡《ぎょうせき》が、だいたいそのまま取り入れられているように見える。市九郎出家の時期や事情が違っているほか、中川四郎兵衛が三郎兵衛になっているといったわずかな食い違いが見られる程度である。ところが、その市九郎出家のいきさつについても、同じ書物の別のところに次のような口碑が紹介されており、それが小説の中にもとり入れられていることがわかる。

「禅海主を殺し江戸を遁《のが》れたる後、暫《しばら》く木曽山中に潜伏して山賊をなす此時禅海携へたる妻あり（出所不詳）或夜禅海其拐取《かいしゅ》せる貨物を包みて持帰りけるに妻之れを披《ひら》き見大に喜び是尋常ならざる人の美服《びふく》なり斯程の美服を着せる上は定めし頭髪の具も珍重のものならん　笄釵《こうがいかんざし》など何の処に挿《はさ》み置かれしや疾《と》く見せられよと云ひければ禅海撫然《ぶぜん》手を拱《きょう》すること久して吾《われ》今山賊たりと雖《いえど》も悪業をなすは常に良心に恥づる処吾《われ》今服を奪て頭髪の具に心付かず彼如何悪人の妻たればとて奸悪邪見《かんあくじゃけん》に長ぜるの甚しきやと茲《ここ》に迷夢を破り会心懺悔《ざんげ》遂に妻を去りて六十六部の行者となり諸国を遍歴し享保十五六年の頃は豊後油布院某寺へ寄食せりと云ふ」

このほか、小説には一人で開さく工事に着手した了海への人々の反応が、嘲笑から同情へ、さらには全面的な協力へと発展する様子が描かれているが、これも同じ案内記に転載されている「山陰鑿道碑名 並《ならびに》序」の中に同様なことがしるされているのである。

こうしてみると、「恩讐の彼方に」の物語は、右の案内記が伝えられている記録や伝説がたくみに総合されてできあがっているように思える。禅海の履歴は、このほか耶馬溪羅漢寺蔵「切通し禅海坊敵討之目録」によっても伝えられており、これが実は耶馬溪案内記の種本か源流になっているのだともいわれているが、「恩讐の彼方に」が直接この目録によったものかどうかははっきりしない。

「恩讐の彼方に」はこうした伝説にもとづいて書かれたものであるが、われわれにとって大切なことは、もちろん素材そのもののせんさくではなく、その素材を小説の中に生かした作者の創作態度を知ることである。この点については、作者自身次のようにいっている。

現在の青の洞門

「われかつて耶馬溪青の洞門にまつわる伝説を題材として、小説『恩讐の彼方に』を書きしに、該題材はかつて田中貢太郎氏が使ひしことありとか云ひて、非難がましきことを云ひたる人あり。笑止千万に思ひたることとあり。凡そ歴史的伝説的題材は、天下の公有なり。いな古今を通じて、文芸に志すものの共有なり。（中略）その題材を通じて現はるる作家の人生観、思想、感情及びその題材を駆使する作家の表現が、芸術の本体とは知らずや。」（「文芸雑筆」大八）

それでは、「恩讐の彼方に」に表現された作者の思想とは何であろうか。

この小説のクライマックスを思い出してみよう。実之助は、了海によって示された人間の偉大さに感動し、かたき討ちという行為のむなしさを悟る。かれは、了海と手を取り合い、感激を分かち合う。この時の二人はすでに「恩讐の彼方に」到達した真の人間同志なのである。この場面には、ほんとうの人生の意義や価値はかたきを討つことが正義であるとするような非合理な道徳観を超越した世界に存在するのだという作者のヒューマニスチックな思想が表現されているのだと考えたい。それは、封建的な因習や観念からの解放を求める近代市民の精神といいかえてもよい。したがって、形式的には時代小説でありながら、そこに盛られているテーマは現代小説のそれとまったく変わりないのである。こうした現代的なテーマが歴史小説の中に組み入れられた場合、それは背景となっている古い社会や古い観念にたいしてあざやかなコントラストを生じ、読者に強く印象づけさせるという効果を生じる。この手法は菊池寛の歴史小説全体に共通する特色である。いわゆる「歴史離れ」と呼ばれる方法であるが、「恩讐の彼方に」はこの特色がみごとに生かされた傑作の一つである。

蘭学事始

「はじめて唱ふる時にあたりては、なかなか後の譏《そし》りを恐るゝやうなる碌々《ろくろく》たる了簡《りょうけん》にて企事《くわだてごと》は出来ぬものなり。」(杉田玄白『蘭学事始』=岩波文庫)

先覚者の労苦と心理を描く　「蘭学事始」は、大正十年一月の『中央公論』に発表された短編小説である。この時作者は三十四歳、すでに短編小説・戯曲・通俗小説それぞれの面で一流の流行作家としての地位を築きあげていた。

「蘭学事始」は、作品の系列からいうと歴史小説の一つである。題材はわが国蘭学の創始者として、また『解体新書』*の翻訳者として名高い江戸時代の医師杉田玄白（一七三三〜一八一七）の晩年の随筆風な回想記『蘭学事始』から取られている。この玄白の回想記は、『解体新書』翻訳前後の事情を中心に、蘭学創草期の苦心談や思い出を書きつづったものであるが、菊池寛はこの本の著者杉田玄白を主人公にして、この小説を書いたのである。

* 解体新書　オランダ語の医学書「解剖学表」(Ontleedkundige Tafelen) を杉田玄白らが翻訳刊行したもの。安永三（一七七四）年刊。

『解剖学表』のとびら絵

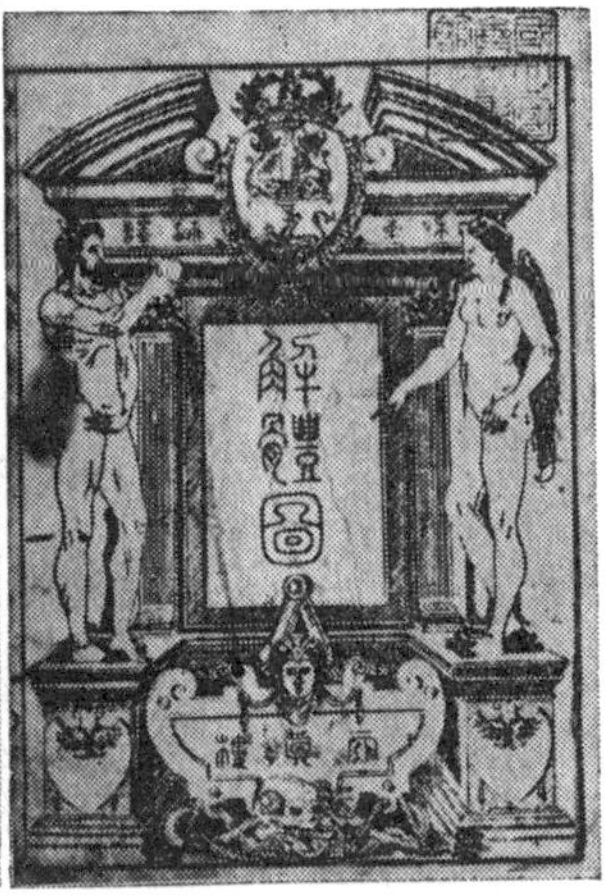

『解体新書』序図のとびら絵

玄白の『蘭学事始』には、『解体新書』の翻訳、刊行にあたって、協力者の前野良沢との間にはっきりとした考え方の相違があったことがのべられている。良沢が完全無欠な翻訳ができるまではこれを公けにすべきではないといった、慎重な、アカデミックな態度であったのにたいして、玄白は不完全であっても、早く世に出すことが学問の進歩に寄与する道だという実際主義的な立場をとったのである。菊池寛は、実効を重んじ、あえて拙速主義を主張したこの学問の先覚者の中に、自分自身の人生哲学を色濃く盛り込んで、この小説を書きあげたのである。「人生第一、芸術第二」のモットーに代表されるように、実利主義者としての、また常識人としての作者の思想がこの歴史小説には強く表現されている。以下例によってあらすじを紹介してみよう。

始めて発するものは人を制す

将軍家に拝謁のため、年に一度江戸表にのぼってくる阿蘭陀（オランダ）の加比丹（カピタン）一行は、本石町《ほんこくちょう》の長崎屋を江戸逗留《とうりゅう》中の常宿にしていた。長崎の蘭館への人々の出入りは、きびしく取り締まられていたが、長崎屋への出入りは、逗留が短期間であったため黙認されていた。このため加比丹一行滞在中の長崎屋には、阿蘭陀流の学問を志す向学の士や好事家の武士や、富商たちが、かれらのめずらしい話を聞きに連日押しかけるのであった。ことに、御医師の野呂玄丈、山形侯の医官安富寄碩《きせき》、同藩の中川淳庵《じゅんあん》、讃岐《さぬき》出身の浪人平賀源内、それに中津侯の医官前野良沢といった人々が熱心な常連であった。かねてから阿蘭陀文字に関心を寄せている杉田玄白も、その中の一人であった。

長崎屋でのかれらは、おぼつかない通辞《つうじ》を介して加比丹にさまざまな質問をむけるのをつねとしていた。しかし、風俗習慣の違いから、かれらの多くの質問は、実はつまらぬ愚問だとわかり、一同たわいもなく笑いこけることが多かった。そうした一座の中で、前野良沢だけは冷然と、一人高く構えていた。しかも、かれは一座の談笑がひとしきりすむころになるときまって阿蘭陀人たちを緊張させるようなむつかしい質問を試みるのであった。

玄白はそうした良沢になぜか親しめないものを感じている。べつに嫌っているのでもなく、憎んでいるのでもなかったが、かれの存在など、まるで眼中にないかのような良沢の尊大な態度や白皙《はくせき》な容貌から、何とない威圧感をうけるのであった。そのため、かれは良沢の同席している席では、心に浮かぶ質問も思うようにロから出せないのである。

＊　ポルトガル語。江戸時代、長崎に駐在したオランダ商館長のこと。毎年正月、江戸に出府して　織物などを献じた。

ある日、玄白は良沢が来ない前の早い時間を見計らって長崎屋へ行く。大《おお》通辞の西善三郎に会って、蘭語修得の可能性を聞いてみたかったのである。しかし、良沢は早くも来ている。玄白は困惑するが、思い切って用意していた質問を西善三郎にむける。しかし、大通辞の答えは否定的であった。代々通辞の家に生まれ、幼少から蘭語に接して育った自分でさえ、五十歳になった今でも完全に修得できないでいる。門外漢にはとても無理だというのである。大通辞自身のあきらめ切った言葉を聞いては、玄白も「なるほど」と口をつぐまざるを得ない。ところが、それまで二人の話をだまって聞いていた良沢が、とつぜんその西善三郎に反ばくを加える。

「日本人の平生使っている漢語も伝来当初は今の蘭語と同じ難解な異国語であった。それが日常語になったのは先祖の刻苦精励のたまものである。自分は後に来るもののために苦しみを覚悟で蘭語の学習に取り組むつもりである。杉田氏もせっかくの志を捨ててはなるまい。」

良沢はこういって玄白をはげますのである。自分よりは十歳上、四十九歳の良沢のこの雄渾《ゆうこん》な志を聞き、玄白は自分の腰の弱さを恥じる。と同時に痛い急所を突かれたことに一種の不快を感じる。

その数日後、玄白はある内通辞の手を通じて阿蘭陀の医学解剖書*『ターヘルアナトミア』を手に入れる。文字は一字半句もわからなかったが、そこに挿入されている精巧な人体解剖図は、かれの心にはげしい好奇心をまき起こしたのである。その本の役立つ機会は意外に早くやって来た。

* 「解剖学表」（一七二ページの注参照）の俗称。同書のとびら絵にあるラテン語 Tabulae Anatomicae が、他の語と混同されたらしい。

将軍の阿蘭陀人御覧がとどこおりなく終わった翌日の長崎屋は、いつになく、くつろいだ談笑で沸いていた。おもだった医師たちはほとんど集まっていたが、良沢の顔だけが見えなかった。その夕方ちかく淳庵の家の小者が町奉行からの至急の知らせを持ってくる。それは、明朝、千住の骨《こつ》ガ原（小塚原《こづかっぱら》）で、刑死人の解剖を行なうことを知らせるものであった。阿蘭陀医術を志す医師たちにとって、それはまたとない見学の好機会である。一同口々に喜ぶ。とりわけ、『ターヘルアナトミア』を手中にしている玄白は、小おどりして喜んだ。明日を期して勇み立つ一座のものは、良沢のいないことなど、まったく気にかけないふうに席を立とうとしていた。玄白はそのことを言い出すべきかどうかで悩む。かれは良沢の運の悪さを小気味よく思う一方、そういう自分の浅ましい感情をうしろめたく感じるのである。ついにかれはいう。

「前野氏が居る！　前野氏へも、なんとかいたして知らせたいもので御座る。」

一同はやっと気がつくが、積極的な方策を講じようとする者はいない。けっきょく玄白が手紙をしたため、それを辻駕籠《つじかご》の者に届けさせて置く。

翌朝、玄白は『ターヘルアナトミア』をふところに、それを一同に披露する時の得意さを思って胸をはずませながら、待ち合わせ場所である山谷町の茶屋に向かう。さきに来て待っていた良沢は、かれを見るとていねいに礼をのべる。前夜、玄白からの意外な知らせを受け、興奮のあまり一睡もできなかったという。

やがて顔ぶれがそろい、一同は骨ガ原の刑場をさして出かける。途中、良沢はふと思い出したように、「皆に披露したいものがある」といってふろしき包みをあける。良沢が一同に見せたのは、玄白が懐中にしている『ターヘルアナトミア』と寸分違わぬ同刻同判の書であった。玄白は茫然とする。思いもかけぬ機先を制せられ韮《にら》をかむような気持ちであった。

その日の解剖は見学者たち、とりわけ玄白と良沢とに異常な感銘をもたらした。解剖された刑死人のからだの内部は、一寸一分の違いもなく『ターヘルアナトミア』の絵図と一致しているのである。刑場からの帰りは、良沢・淳庵、玄適、それに玄白の四人連れとなった。新しい科学の真理にふれた興奮から、玄白と良沢はいつしか打ちとけていた。玄白は『ターヘルアナトミア』を翻訳し、医術の進歩に役立てたいという志をのべる。良沢も快くそれに応じ、淳庵・玄適を加えた四人で翻訳にとりかかることを決める。

EERSTE TAFEL.

Van de ONTLEEDKUNDE *in het algemeen.*

I. B*Epaaling* a: ANATOME, of ANATOMIA is een kunstige snyding der Lighaamen, waar door alle hunne deelen, der zelver zaamenstel, gedaante, zelfstandigheid, zamenvoeging, legging, werking en gebruik ontdekt en geleerd worden.

II. *On-*

AANMERKINGEN

Over de eerste Tafel.

a *Bepaaling.*) Het woord *Anatomia* beduid in den eigentlyken zin, gelyk het hier gebruikt word, een kunstige snyding der Lighaamen, de welke tot dienst der geenen, die 't zamenstel van het Menschelyke Lighaam kennen willen, opentlyk verhandelt word. Dit woordt beduidt ook in een wytloopigen zin een Ontleedkundige wetenschap of kennisse, benevens een duidelyk begrip van 't zamenstel des Lighaams, alle des zelfs deelen, hunne zelfstandigheid en dienst. Deeze kennisse word ten deele by openbaare Ontleedingen, door onderzoek des Lighaams, en het onderwys van een bekwaam Ontleeder; ten deele ook door het leezen van goede boeken, naarstigheid en goede agtgeeving in het ontleeden, verkreegen. In zoodanigen opzigt word zomwylen de eerste *Anatomia Practica*, (handwerkende) en de laatste *Theorema* (beschouwelyke Ontleedkunde) genaamd. Die geenen worden beschouwelyke Ontleeders genaamd, de welke een grondige kennisse hebben van 't zamen-

A stel

『解剖学表』の
本文第1ページ

四人の医師は、その翌日をはじめとして、毎月五、六回ずつ麹町平河町の良沢の家に会した。一同は、長崎に留学して、幾分、蘭学に心得のある良沢から初歩の手ほどきを受けたのち、いよいよ翻訳にとりかかったが、開巻第一ページから「艫舵《ろだ》なき船」で大洋に乗り出したような茫洋とした心細さであった。もちろん完全な辞書はなかった。一同はまず絵図をたよりに、眉、口、唇《くちびる》、耳といった人体の名称を覚えて行った。しかし、そうした簡単な語はわかっても、前後の文句はいっこうに解しかねた。四人が二日も考えぬいた末、やっと「眉トハ目ノ上ニ生ジタル毛ナリ」という一句を理解できたようなこともあった。しかし、そうした苦労がむくいられ、言葉の意味を発見できるたびに、かれらはおどりあがって喜ぶのであった。かれらは難解な語句には、丸に十字のしるしをつけ、轡十《くつわ》文字と称した。一年、二年と時がたつにつれその轡十文字の数は確実にへって行った。

翻訳の仕事がこのように進められるに従って、しだいに玄白は自分の志が、良沢のそれと違っていることに気がつく。玄白の志は『ターヘルアナトミア』を翻訳して治療の役に立て、世の医家の発明の種にすることだった。これにたいして、良沢の志は蘭学の大成という遠大なものであった。文意が通りさえすれば先に進みたいとする玄白にたいして、良沢は語義も完全に明らかにしなければ承知しないのであった。

こうして四年の月日がたち、その間、玄白は自分自身の訳稿を十二回も改めた。まだ未解難解の箇所は残っていたが、かれは上梓《じょうし》を急いだ。しかし、完全訳を期する良沢は妥協しない。玄白はついに自分一人の名前で、『ターヘルアナトミア』の翻訳『解体新書』を出版することを決意する。かれはせめて序文だけでも、功績のある良沢に書いてもらいたいと思う。しかし、良沢は「蘭学に志を立て申したは、真の道理を究めよう為で、名聞《みょうもん》利益の為では、御座らぬ」といってことわる。玄白は、そういう良沢の態度を尊敬する一方、自分自身の行き方も肯定せずにはいられないのであった。

玄白の立場に盛られた作者の人生観

以上が『蘭学事始』のあらましの内容である。いまかりにこれを三つに区切って考えてみよう。まず第一に、長崎屋での会合を通じて、玄白が良沢に一種の反感をいだく様子が描かれる。次には、蘭学にたいする共通の熱意と関心とから二人が意気投合し、『ターヘルアナトミア』の翻訳に没頭した様子が語られる。そして最後には、けっきょく二人の考え方の間には相容れない基本的相違のあったことが明らかにされる。

これによってもわかるとおり、ここには、資質や人生観を異にする二人の学究の対立が、小説的な起伏を通してみごとに浮き彫りされているのである。小説の末尾には、次のような玄白の文章が引用されている。

「首《はじ》めて唱える時に当りては、なか〳〵後の譏《そしり》を恐るゝようなる碌々たる了簡にて企事は出来ぬものなり。くれ〴〵も大体に本《もと》づき、合点の行くところを訳せしまでなり。梵訳の四十二章経も、漸く今の一切経に及べり。之が、翁（注—自分を指す）が、その頃よりの宿志にして企望せし所なり。世に良沢と云う人なければ此道開くべからず。されど翁の如き、素意大略の人なければ此道かく速かに開くかべらず、是もまた天助なるべし。」

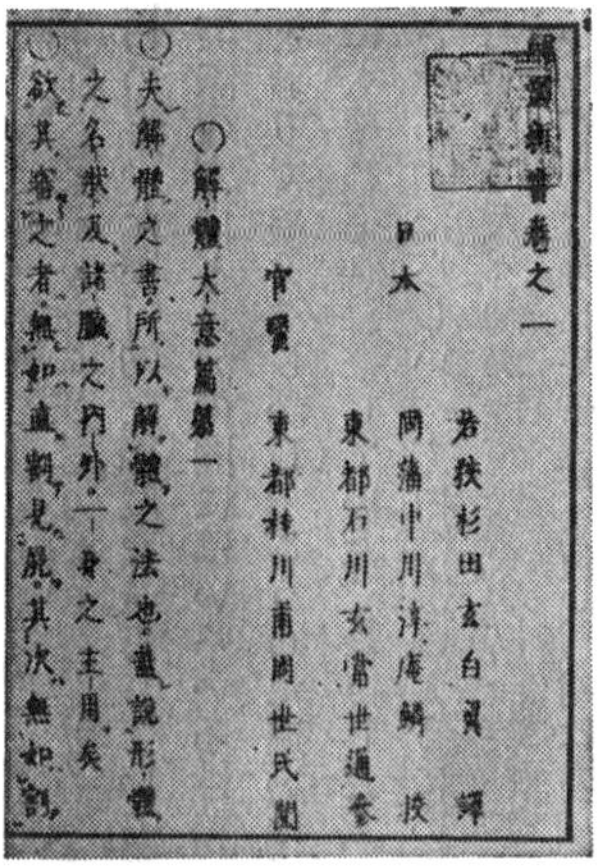
解體新書巻之一
若狭 杉田玄白翼 譯
日本 同藩 中川淳庵鱗 校
東都 石川玄常世通 参
官醫 東都 桂川甫周世民 閲
○解體大意篇第一
○夫解體之書所以解體之法也蓋説形體之名状及諸臓之内外一身之主用矣
○欲其審之者無如直觀也既其次無如圖

『解体新書』巻之一、第１ページ

これは玄白の『蘭学事始』下之巻の一節であるが、ここに表わされている玄白と良沢の学問にたいする心構えの相違、それがそのまま小説の主題を構成している。しかも、くり返していえば、作者はこの両者のうち、玄白のとった実行的な態度を是としているのである。これは作者自身の人生哲学に通じるものである。

実際の玄白と良沢の間にはいろいろ性格的な相違があったであろうことは、右の引用文からもうかがわれるとおりである。しかし、こうした違いは二人の間ばかりではなく、翻訳にたずさわった他の同志たちとの間にもそれぞれ存在していた。こうした人さまざまな違いの中で、とくにきわだっていたのが玄白のせっかちさであったらしい。玄白は次のようにいっている。

「同社の人々翁が性急なるを時々笑ひしゆゑ、翁答へけるは、凡そ丈夫は草木と共に朽つべきものならず、かたがたは身健かに齢は若し、翁は多病にて歳も長《た》けたり。ゆくゆくこの道大成の時にはとても逢ひがたかるべし。人の死生は預《あらかじ》め定めがたし。始めて発するものは人を制し、後れて発するものは人に制せらるといへり。このゆゑに翁は急ぎ申すなり。諸君大成の日は翁は地下の人となりて草葉の蔭に居て見侍《はべ》るべしと答へければ、桂川君などは大いに笑ひ給ひ、のちのちは翁を渾名《あだな》して草葉の蔭と呼び給へり。」(『蘭学事始』=岩波文庫)

ここにのべられている玄白の態度は、「せっかち」というよりは、むしろ現実を直視した実際家の態度であるといってよい。こうした玄白の心構えがことさら「せっかち」という印象を与えたのは、それが「この学を以て終身の業となし、盡《ことごと》くかの言語に通達し、その力を以て西洋の事体を知り、かの群籍何にても読み得たきの大望」(同書)をいだいていたという良沢の性格ときわだって対照的に見えたからであろう。

しかし、玄白自身これら同志との違いを、「これ実に人の通情なり」と達観しているとおり、二人の志の相違が感情的な対立にまで発展するといったようなことはなかったものとみられる。じじつ玄白が八十二歳のときに書きしるしたこの回想記の最後にも、良沢の名は淳庵とならんで、蘭学創始期のなつかしい僚友としてしるされているのである。

菊池寛の「蘭学事始」は、この両者の間に心理的な角逐《かくちく》を織り込むことによって、そのテーマを強調している。作者の現実的な人生哲学は良沢とは対立する玄白の信念に遺憾なく盛り込まれているのである。歴史上の人物や事件に新しい現代的解釈を加えるという、かれのこのような創作の方法は、芥川龍之介が歴史小説を書く際にとった行き方と共通するところがある。しかし、そのテーマの設定という点においては、たとえば芥川の「地獄変」と比較した場合、そこには、はっきりとした違いがみられるのである。「地獄変」が、現実の人生を犠牲にし、美の世界を追求する異常な主人公を通して芸術至上主義の主題を掲げているのにたいして、「蘭学事始」は現実に即した、プラグマチックな人間の生き方を描いている。いわば人生第一主義である。菊池寛の歴史小説の鑑賞にあたっては、こうした対照的な性格をもつ芥川の作品と比較してみることも意義があろう。

入れ札

「文壇の変遷急激にして、昨日の新進は今日の中老なり、今日の中老は明日の大家ならば、幸なれども、豈《あに》落伍たらざることを期し得んや。文運推移のあわたゞしさ、空おそろしと云うべし。」（「文壇生活十年」―「文芸春秋」所収）

やくざの世界に託して描いた文壇の一事件

「入れ札」は、大正十年二月の『中央公論』に発表された菊池寛の短編時代小説である。のち尾上菊五郎の嘱によって一幕物の戯曲に脚色され、同じ題で大正十年十二月の『中央公論』に再発表された。

講談や浪曲で名高い侠客国定忠治一家の赤城落ちを背景に、親分や兄弟分からのけ者にされた子分九郎助のやるせない心理を描いたもので、形式上はやはり歴史小説に属する。しかし、史実に新しい人間解釈をもり込むという寛の独特な歴史小説の行き方は、この作品にもはっきりとのぞかれ、現代的ニュアンスの濃厚な時代小説となっている。

この作品が成立した背景には次のような事情がある。大正九年十一月に、当時の文壇の大家、田山花袋と徳田秋声の生誕五十年祝賀会というのが催された。寿命の延びた今日では五十歳といえば、まだ働き盛りの若輩にしか過ぎないが、当時の文壇では五十歳に達してなお活動を続けられるということは偉とするに足りることなのであった。

「大正九年十一月のその会は、華やかなりし大正文壇のなかでも特に華やかな文壇行事だったのだ。そうしてそれは、明治期とくらべていかにも短い、左様、あたかも十一月の日のように暮れるのが早かった大正時代の、その黄昏に面した大正文学の最後の夕映えを象徴するものとして見ていいのではないか。」

『昭和文学盛衰史』の著者高見順によってこう描写されているとおり、この祝賀会は文字どおり、全文壇をあげての記念行事なのであった。この祝賀会と関連して記念小説集を出版し、その印税を両作家に贈ろうという企画がたてられた。この本はけっきょく『現代小説選集』と題され、島崎藤村以下三十三名の作家の作品を収録して、祝賀会と同時に新潮社から出版された。あとがきに、「現文壇に活動せられつつある小説作家の創作のみに限ることとせり」とあるとおり、これに収録された三十三名の作家は大正文壇の実質的な担い手であった。

こうした特別の意味をもつ出版であったから、その企画にあたっては、どの作家を入れ、どの作家を除くかということが大きな問題であった。この人選を行なうための何回目かの準備会が行なわれた席上で、それが一つの深刻な事件の形をとってあらわれた。この時、委員の一人である長田幹彦の作品を入れるか入れないかが、大きな問題になったのである。準備会の出席者の中には菊池寛も新進作家として末席に名を連ねていた。

長田幹彦は「新詩社」の同人から『スバル』に加わり、「澪《みお》」(明四四)などの作品によって文壇に認められた純文学系の作家であったが、この当時はもっぱら通俗小説を書いて人気を集めていた。この作家の作品を収録することにたいして委員の一人中村武羅夫が選考基準を芸術性に置くという立場から強硬に反対したのである。この中村武羅夫の意見をめぐって委員たちの意見は二分し、議論は果てしないように見えた。この時誰かが無記名投票によって決めることを提案した。(久米正雄は、その提案者は「菊池寛らしかった」といっている。)

この動議はすぐに委員たちの賛成を得、本人の面前で投票が行なわれることになった。本人はその恥辱に堪えられず席をけって退席してしまった。久米正雄は、

「恐らく、長田氏の全文筆生活の生涯に取っても、これほどの受辱、これほどのひどい目に、会った事は無かったであらう。」(「文士会合史」)

といっている。投票の結果、長田幹彦の作品を収録することは多数をもって否決された。

この事件は当日の出席者のすべてに、にがい後味をもたらしたようである。解散後、久米正雄と顔を合わせた菊池寛は、

「――お互ひに、あんな目に会っちあァ、かなわないな。だが僕は、あれで一つの主題《テーマ》を得たよ。いづれ書く。」

といったという。

こうして書かれたのが「入れ札」である。以上のことはこの作品自体の鑑賞にとってかならずしも必要な知識とはいえまいが、菊池寛が歴史小説の中でどのようにテーマと素材とを扱かっているかということをうかがうためには参考になろう。次はそのあらすじである。

落ち目になったやくざのあわれ

上州岩鼻の代官を殺害し、捕方《とりかた》を避けて赤城山に立てこもっていた国定忠治は、残った子分十人あまりとともに夜陰に乗じて信州路をさして落ちて行く。伊香保街道に沿った裏道をたどり、榛名越えした一行は、夜明けとともに信州境の大戸の番所を突破する。難関をきり抜け、ほっとした一行は赤城山の望まれる山道に腰を据《す》えて一服する。忠治はこれから先は手ごろな子分二、三人だけを連れて落ちたいと思うが、その人選の方法に苦しむ。ふだんから信頼のおける大《おお》間間《まま》の浅太郎、松井田の喜蔵、それに嘉助の三人を指名したいのはやまやまだったが、最後まで居残って忠義だてをしてくれた皆のことを思うと、簡単には甲乙をつけにくいのであった。

忠治はその自分のつらい立場を一同に説明し、このうえはさっぱりと一人で落ちて行きたいという。しかし、浅太郎をはじめ一同は「遠慮せずと、名指してもらいたい」と口々に忠治に迫る。

そうなると忠治はますます指名しにくくなった。しばし親分と子分たちの間に不安な沈黙が続いたあと、釈迦の十蔵という若い子分が、いかにも名案を思いついたという調子で、「クジ引き」を提案する。しかしこの提案は、親分の信任を得ていることに絶対の自信をもつ喜蔵や嘉助によって、一言のもとにしりぞけられてしまう。十蔵ごとき青二才にクジがあたったのでは、かえって親分の足手まといになるというのがかれらの理屈であった。

しかし、誰にもいうべき理屈はあった。そうしているうちに時間は遠慮なく過ぎて行く。子分たちの議論を聞いていた忠治は、ふとみずから指名することなく、しかも優秀な子分を選び得る方策を思いつく。それは「入れ札」(投票)によって決めることであった。

忠治の提案に大部分のものは異議をもたなかった。ただ、稲荷《いなり》の九郎助だけは不満であった。年齢からいって、九郎助は忠治の身内では第一の兄貴分である。しかし前年の大前田一家との出入りの際に不覚をとってからというものは、めっきり声望が落ちてしまっていた。表面上は、「阿兄《あにい》！　阿兄《あにい》！」と立てておきながら、その実、誰もが自分を軽く見ているのだということが九郎助にはわかっていた。最近では後輩の浅太郎や喜蔵の実力に完全に追い抜かれてしまったばかりか、かんじんの忠治からさえもなんとなく軽んぜられるような有様であった。

九郎助は、その落ち目になった自分の地位が、「入れ札」によって露骨に明かされるのではないかと恐れるのであった。一本しかない矢立が次々と十一人の子分に回される間、九郎助は自分の名前を書いてくれそうな者の数を数えてみる。かれは浅太郎に四枚、喜蔵に三枚はいることは間違いなかろうと思った。自分の票を除くと残りは三枚である。このうちの二枚が自分にはいれば三番目に選ばれるかも知れない、と九郎助は思う。しかし自分と同じ古顔で、かねがね浅太郎や喜蔵の進出を快からず思っている弥助が確実であると思われたほかには、自分を支持しそうな者が見当たらない。さかんに思いあぐむ九郎助に、隣の弥助が意味ありげな笑いをうかべて矢立を渡す。九郎助は弥助のうす笑いが、自分に一票を入れてくれたことをほのめかす合図だと思い、安心するが、どうしても、もう一票がほしいと思う。かれは、ついに卑怯とは知りながら自分の名前を書いて投票する。

全員の札が投じられ、喜蔵が結果を読みあげる。予想どおり、浅太郎と喜蔵がはじめから四枚ずつ取った。嘉助と九郎助にも各一枚ずつはいっていた。最後の一枚でどちらかが三人目の当選者になるのである。九郎助は、喜助が読みあげるときに見せた札の筆跡から、すでにはいっている札が自分自身の投じたものであることがわかっていた。したがって、最後の札が、自分に投じられた弥助のものならば当選できるのである。しかし、九郎助の懸命の期待にもかかわらず、その札は嘉助に投じられたものであった。

忠治はおもわくどおりの顔ぶれが選ばれたのに満足し、別れて行く者に路用の金を分配すると、足早に信州をさして落ちて行く。忠次一行を見送る九郎助の心中はみじめであった。かれの心は落選したことへの失望よりも、むしろ自分の卑しい行為にたいする自責で満たされるのであった。票

「入れ札」の舞台（歌舞伎座、昭和12年4、5月、早大演劇博物館蔵）

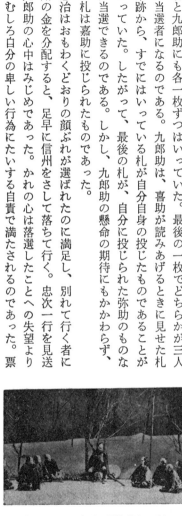

が二、三人の者に集中したということは、要するに皆が真に親方のためを思って投票したということを意味している。それだけに、自分の名前を書いた九郎助には、自分の浅ましさが身にしみて感じられるのであった。

九郎助はそそくさとただ一人、秩父をめざして山を降りて行く。すると、熊谷在の縁者をたよって落ちるのだという弥助が彼を追って来て図々しくも同道したいという。弥助は、黙って歩いて行く九郎助を見ると、機嫌をとるような調子でいう。

「俺あ、今日の入れ札には、最初《はな》から厭《いや》だった。親分も親分だ！ 餓鬼《がき》の時から一緒に育ったお前を連れて行くと云わねえ法はねえ。浅や喜蔵は、いくら腕節《うでつぶし》や、才覚があっても、云わば、お前に比べればホンの小僧っ子だ。たとい、入れ札にするにしたところが、野郎達が、お前を入れねえと云うことはありゃしねえ。十一人の中でお前の名をかいたのは、この弥助一人だと思うと、俺あ彼奴等の心根が、全くわからねえや。」

聞いていた九郎助の心には火のような怒りが走る。が、九郎助に怒る理由があるとは夢にも知らぬ弥助は、のんきな表情でかれによりそって歩いて行く。思わず脇差の柄《え》に手をかけた九郎助も、そうした弥助の姿を見てからだの力が抜ける。考えてみれば弥助の嘘をとがめるには、自分のいやしい行為を先に明かす必要があるのだ。九郎助は、「口先だけの嘘を平気で云う弥助でさえ考え付かないほど、自分は卑しいのだと思うと、頭の上に輝いて居る晩春のお天道様が、一時に暗くなるような味気なさを」おぼえるのだった。

現代生活に密接した人生の悲劇

以上のあらすじは、小説をもとにしたものである。戯曲の大筋もむろんこれと同じであるが、次の二か所にわずかの変化が見られる。一つは、入れ札と決まったあと一同が近所の百姓家から調達して来た朝食にありつくというシーンが、戯曲のほうに挿入されている点である。ここで他の者が近くの流れに水を使いに行ったあと、九郎助と弥助が会話をかわし、その内容から票をめぐっての九郎助の思わくが観客にわかるように配慮されている。もう一つは幕切れの場面である。小説の方では、弥助への怒りを、九郎助が自嘲とともに心の中に納めるという形になっているが、戯曲では、居丈《いたけ》高な調子で弥助の嘘をとがめ、いまにも切りかからんとする。しかし、自分でなければいったい誰が九郎助の名を書いたのだろうという弥助のもっともな問いに、九郎助は卑劣な自分の行為を白状し、親分に代わって成敗してくれと泣く。

が、このような脚色上の変更はともかく、小説・戯曲を通じて、主人公が九郎助であることには変わりがない。作者は、落ち目になったこの九郎助の悲哀を、同情的に描きながらも、一方では、そうした窮地の中で悪あがきするかれの心のみにくさをも遠慮なくえぐり出してみせているのである。大切なことは、この九郎助の悲劇は、けっしてやくざの世界や、小説という仮空の世界にだけあるのではないということである。これに似た人生悲劇は、現代のわれわれの日常生活の中にも身近な形で存在するのである。

いっぽう「入れ札」は前にのべたような文壇の事件にヒントを得て書かれた作品である。通俗作家なるがゆえに選集から締め出された長田幹彦の悲運は、すでにみずから通俗小説に手をそめていた菊池寛にとっても、けっして他人事とは思えなかったにちがいない。準備会の解散後かれが久米正雄に洩《も》らしたという感想には、かれがこの出来事から受けた心理的影響の深刻さがうかがわれる。菊池寛が、この文壇の事件の主人公によせたと思われるこうした心理的な共感は、「入れ札」の主人公九郎助のみじめな立場を描き出す筆の上に、おのずから表現されている。それにしても、作者が「主題《テーマ》」を得たという、この特殊な文壇での出来事は、時代小説という形式の中にほとんど原型をとどめないほどの完全さで、換骨奪胎《かんこつだったい》され、みごとに一般化されてしまっている。われわれはこの点に、作者のもつ人間的興味の奥行きの深さと、創作技法の非凡さを認める必要がある。

中村光夫は、この作品を次のように批評している。

「歴史をアレゴリーとして扱い、そこにあるテーマをはめこむのは、菊池寛だけでなく、同時代の作家が多く好んで使った手法で、ときには浅薄な作品を生む危険をともないますが、これはさすがに中核をなす近代人的な心理と、時代劇風の背景が充分に調和して、渾然たる物語をつくり上げています。」(文芸春秋社刊『菊池寛全集』第四巻「解説」)

ところで、同じ中村光夫は、作者がこの作品を通じて「無意識に日本人のものの考え方と、西洋風の合理主義とのあいだの矛盾を表現したとも見られ」るという、興味ある解釈をつけ加えている。それを要約すると、忠治の提案した「入れ札」は、ただ子分たちに親分の意を汲んで、浅や喜蔵を選ばせるための偽装の投票に過ぎない。これは自分を適任者と考えた場合は、臆面《おくめん》もなく自分に投票するという西洋の合理的な投票精神とは異質なものである。この中にあって九郎助だけが自分の心を正直に表わした勇気ある人物であった。ただ、かれにはその自覚がないため自分の行為の浅ましさに堪えがたい羞恥《しゅうち》を覚える。だから、この日本的な九郎助の悩みに共感することは、西洋人の読者にはむつかしいのではあるまいかというのである。

こうした点を作者がどの程度まで意図していたかはわからないが、ともかく、この小説が現代日本社会に生きるわれわれに提起している一つの問題として考えてみる必要があろう。

真珠夫人

「『真珠夫人』には、私も思い出がある。

菊池氏の生涯にとっても、大きい記念の小説、大きい転機の小説であった。

また、この『真珠夫人』の成功は、文壇、あるいは文学者の生活に、画期的な変革をもたらしたと考えられぬこともない。」（川端康成『菊池寛文学全集』第九巻「解説」）

通俗小説に新風を吹きこむ

「真珠夫人」は、大正九年六月九日から、同年十二月二十二日まで、『大阪毎日新聞』と『東京日日新聞』（現在の『毎日新聞』）に同時連載された長編小説である。菊池寛の書いた、はじめての通俗長編であるとともに、わが国の通俗小説に新風を吹きこんだ画期的な作品でもある。作者菊池寛は、この作品発表のあった前年、すなわち大正八年の春から、『大阪毎日新聞』の客員になっていた。同社との契約は、かれが百五十円という、当時としては破格の高給を受けるかわりに、年に何度か原稿料なしで同紙に寄稿するという形であった。「真珠夫人」が大阪毎日に連載されたのも、この契約によったのである。

『大阪毎日』入社後のかれは、「藤十郎の恋」（大八・四）と「友と友との間」（大八・九）を同紙に連載し、いずれも読者から好評を得た。「真珠夫人」は、この二つの小説につづいて、同紙に連載された三番目の小説である。しかし、それはかれの書いたはじめての通俗小説であったという点で、かれの作家活動に一つの転機をもたらすものであった。

『東京日日新聞』に連載された「真珠夫人」第１回

「真珠夫人」までの菊池寛の文学活動は、いわゆる「純文学」の面で行なわれていた。それが、ここで方向を一転させ、「通俗小説」へ向かったのである。川端康成は、その原因を内面的なそれと、外面的なそれとに分けて論じている。（『菊池寛文学全集』第九巻「解説」）それによると、内面的な原因は菊池寛の特異な性格とか文学観、あるいは人生観の中に求められられる。「小説を書くことは生活のためであ」り、「金になる仕事は、なんでもする気だった」という、かれの「半自叙伝」の言葉にそれは、はっきり表現されているというのである。これにたいする外面的な原因としては、当時大阪毎日新聞の学芸部長心得であった＊薄田泣菫《すすきだきゅうきん》のすすめによったらしいという江藤淳の説（『菊池寛文学全集』第十巻「解説」）が引かれている。江藤淳の説明は小島政二郎

＊薄田泣菫（一八七一―一九四五）詩人、随筆家。大正元年に大阪毎日新聞社に入社。同八年に学芸部長となった。

の「『真珠夫人』思い出話」にもとづくもので、それによると、泣菫が、明晰《せき》な主題をもつすぐれた短編作家、戯曲家である菊池寛は、当然プロットを構成することに秀でているはずだから、それをちょっと大がかりにし、テーマを大衆の理解に近づければ、いわゆる「新聞小説」になるだろうと予想し、執筆をすすめたのだというのである。菊池寛はこの期待にこたえるべく、外国の小説を何冊も読みあさって想を練り、必要な知識を収集して、万全の準備を終えてこの連載に着手したといわれる。

「真珠夫人」の執筆は、こうした内面的な要因と外面的な事情とが重なり合って実現したのであるが、結果は薄田泣菫の予想したとおり、一般読者の大反響を呼んだのである。この成功は、菊池寛の大衆作家としてのすぐれた素質を証明するものであるとともに、読者のために最大限の奉仕をしようとするかれの努力にたいする正当な報酬であったともいえる。

かれは新聞小説を書く労苦と意義について、次のようにいっている。

「新聞小説を書く労苦は、純文芸小説や雑誌の長編小説に比べて、二倍三倍の苦しみである。純文芸の小説などは苦心などしたことがない。また題材も、自分の体験にあるものが多いのだから、創《つく》り出す労苦はない。新聞小説は、ストオリイも情景も人物も悉く創り出さねばならないのである。（中略）新聞小説を書くことは自分は好きだ。（中略）わづか二万や三万の読者を相手にする文芸小説より、どれだけ壮快でしかもやり甲斐のある仕事だか分りやしない。」（『第二の接吻』打明け話」）

これは、昭和初年以降、通俗小説一本で進んだ菊池寛のつよい創作上の信念であった。「真珠夫人」は、そのかれがはじめて試みる通俗小説であっただけに、執筆にあたっての格別な労苦や抱負が想像されるのである。それはこの作品の緊張した文体にもはっきりと読みとられる。

「真珠夫人」は、菊池寛の作家活動に一転機をもたらしたばかりでなく、日本の通俗小説に新風を吹き込む役目をも果たした。インテリたちを主人公として登場させ、啓蒙的なテーマをストーリーの中にたくみにあしらったこの小説は、知的なものを排除し、荒唐無稽《こうとうむけい》なおもしろさにたよっていたそれまでの通俗小説一般についての常識をくつがえすに足る画期的な意味をもったのである。この小説に熱狂したのは、従来の通俗小説にあきたらず、一方心境小説中心の純文芸にも満足できない多数の一般大衆読者なのであった。作者菊池寛は、こうした読者層の存在を最初から意識し、それに奉仕しようとしていたのである。連載開始にあたってのべた次のようなかれの抱負からも、そのことはうかがわれる。

「筋の面白い小説は偽《うそ》らしく、偽《うそ》らしくない小説は面白くない。興味と真実性とを一致させる為に自分は力を尽したい。面白くてしかも本当らしい小説を書いて見たい。」（「起稿に際しての作者の感想」、『東京日日新聞』大九・六・六）

美貌に秘められた悲しい過去

次はこの小説のあらましの内容である。

渥美《あつみ》信一郎は、東海道線の国府津《こうず》駅から自動車を雇い、新妻の保養先湯河原に向かう途中事故に会う。さいわい自分は助かるが、相乗り客の青年青木淳は致命的な重傷を負う。そして、臨終をみとる信一郎に、「時計をたたき返してくれ」、「ノート」、「瑠璃子《るり》」と、謎《なぞ》のような言葉を残して死ぬ。

青年の遺品を預って東京に帰った信一郎は、青木家の葬儀に列席する。その厳しゅくな葬儀の最中に、白《しろ》孔雀《くじゃく》のように美しい、若い貴夫人が、傍若無人なエンジンの音を響かせて自動車で乗りつけ、参会者の目を奪う。この貴夫人が、もと唐沢《からさわ》男爵令嬢瑠璃子、現荘田未亡人であった。信一郎は青木の遺言にしたがい、時計を返すため、豪壮な荘田夫人の邸宅を訪ねる。しかし、夫人の才気に翻弄《ほんろう》され、青木との関係は究明することができない。逆に、この訪問がきっかけで、かれは夫人から音楽会や観劇の誘いを受け、彼女の魅力にあやうく籠絡《ろうらく》されそうになる。

しかし、信一郎はやがて、かれと同様な大勢の男性が彼女の周辺に群がっていることを知る。荘田家のサロンに日夜集まるそうした崇拝者たちに囲まれて女王のごとく振舞う彼女は、かれらをたがいに競争させては翻弄し、楽しんでいるのであった。信一郎は青木の残したノートの内容から、この青年が彼女にもてあそばれた心の痛手から自殺を決意し、死に場所を求めて旅行中あの事故に遭遇したのだという事実を発見し愕然《がくぜん》とする。聡《そう》明さと才気を備えた、この真珠のような美貌の持ち主の正体が、実は見る人をしてことごとく石に化せしめたといわれるギリシア神話の女怪ゴルゴンのような妖婦なのである。

しかし、瑠璃子のこの残忍さは生得のものではなかった。彼女は悲しい過去を持つ女なのであった。

瑠璃子の父唐沢男爵は清貧潔白を旨《むね》とする政治家であったが、大成金の荘田勝平の謀略にはまり窮地におとし入れられる。荘田勝平の提示した唯一の和解の条件は、瑠璃子を自分の後妻にすることを唐沢男爵が認めることであった。これは、かつて自分の催した園遊会で、瑠璃子と、その恋人の直也が成金の卑しさを罵《ば》倒《とう》し合うのを立ち聞きした荘田が、復讐のため、計画的にしかけたわななのであった。父親の政治生命にかかわるこの危急の際に、たった一人の息子光一は父の意にそむき、芸術家の道を歩むため家出してしまっていた。女の瑠璃子にできることは、荘田の条件をのむことであった。彼女は、自分の貞操をかけて、敵将を刺し殺し、父なる都ベトウリヤを外敵の侵略から救った勇敢な女性ユージットにわが身をなぞらえ、親ほども年の違う荘田の妻になる。

荘田の後妻となつた瑠璃子は、自分のたてた誓いどおり、形だけの妻として、勝平が自分の寝室に入ることを許さない。しかし、表面にはつねに婉《えん》然とした媚《こび》を絶やさず、勝平の心を悩み狂わせ、愚弄するのであった。勝平への彼女の復讐はこうして進められて行ったが、一方、彼女は、その勝平の前妻の子美奈子と勝彦の二人に実の姉のようにしたわれるようになる。彼女もまた気だてのやさしい美奈子や、白痴でありながら彼女に献身するあわれな勝彦を実の妹や弟のようにかわいがるのであった。

瑠璃子のかたくなな心を何とかときほぐそうとあせる勝平は、彼女を葉山の別荘に連れ出す。あるあらしの夜帰宅した勝平は、いつになくくつろいで見える瑠璃子を見て、ほんとうの妻になることを求める。しかし、彼女は必死に拒み、強引に迫る夫との間に格闘が演じられる。この危急に際して、突如何物かが暗《くら》やみから現われ、勝平に襲いかかる。それは瑠璃子の身を案じる白痴の息子勝彦であった。勝平は、この息子との格闘の際の打ちどころが悪く、心臓麻痺を起こして死ぬ。

瑠璃子の復讐はこうしてあっけなく終わったが、彼女は荘田家を離れようとしなかった。それは、一つには美奈子や勝彦を保護する責任を感じたからでもあるが、もう一つには、恋人を失った女のうらみを、世の男性たちに徹底的に思い知らせてやりたかったからであった。彼女に残された巨万の富は、そのための強力な武器であった。

これが、真珠のような荘田夫人の美貌に秘められた暗い過去なのである。

渥美信一郎は、荘田家のサロンに出入りする男性の中に、死んだ青木淳の弟稔《みのる》がいるのに気づく。稔の思いつめた表情から、第二の犠牲者の出ることを憂慮する信一郎は、義憤を感じ、瑠璃子の罪深さを責める。ところが、瑠璃子はかれに激しく反論する。

「人が虎を殺すと狩猟と云い、紳士的な高尚な娯楽としながら、虎が偶《たまたま》人を殺すと、兇暴とか残酷とかあらゆる悪名を負わせるのは、人間の得手勝手です。我儘です。丁度それと同じように、男性が女性を弄ぶことを、当然な普通なことにしながら、社会的にも妾だとか、芸妓だとか、女優だとか娼婦だとか、弄ぶための特殊な女性を作りながら、反対にたま〳〵一人か二人かの女性が男性を弄ぶと妖婦だとか毒婦だとか、あらゆる悪名を負わせようとする。それは男性の得手勝手です。我儘です。妾は、そうした男性の我儘に、一身を賭して反抗してやろうと思っていますの。」

青木の兄の失恋の苦しみも男性としてのうぬぼれに過ぎない。かれが自殺を考えたのは、かれの性格が弱かったせいであって、自分には何の責任もない、というのが瑠璃子の論理であった。

信一郎は、そうした瑠璃子の中に「鋭い理智と批判とを持った一個の新しい女性」を発見する。かれは瑠璃子の言い分が正論であることを認めないわけにはいかなかった。しかし、人情からいって、兄に続き、弟の青木稔がまた彼女の犠牲になるのを傍観していることに堪えられない。信一郎は、彼女に稔からだけは手を引くようにと忠告する。

しかし、瑠璃子は信一郎の助言を冷然と聞き流したばかりか、当の稔を誘い、娘の美奈子と三人で箱根へ出かける。彼女にはかくべつ稔に興味があるわけではなかったのだが、信一郎のおせっかいな忠告には意地になってさからう気持ちがあったのである。

そんなことは夢にも知らず、多数の競争者から選ばれたのだと信じる稔は、瑠璃子に熱烈に求愛する。それを盗み聞きした娘の美奈子は強いショックを受ける。彼女は、ふだんの継母の行状などは一切知らず、時たま町で見かけた稔に乙女らしい純な恋心を寄せていたのである。瑠璃子は、美奈子のしおれた表情からその事実を知り、自分の男性への復讐行為が、今度は自分の愛する娘の上に飛び返って来たことを恐ろしく感じる。そして、いまは稔の求愛をきっぱりと拒絶するのであった。

稔は絶望し、煩悶《はんもん》する。そして、かれを気づかって東京からかけつけて来た信一郎の懸命な説得も効を奏さず、逆上のあまり瑠璃子を刺し、自分は湖に身を投じて死ぬ。

死に直面した瑠璃子の最後の願いは、かつての恋人直也に一目会うことであった。電報を受け、臨終の床にかけつけた直也に、瑠璃子は美奈子の将来を託して息絶える。

解放に目ざめた近代婦人の悲劇

この小説のヒロインは、いうまでもなく荘田夫人、瑠璃子である。題名の「真珠夫人」が、このヒロインの美貌に冠せられた名称であることもまた説明を要しないだろう。

ストーリイは、この瑠璃子の暗い、悲しい運命をめぐって展開される。登場人物のうち、ヒロイン自身を含めた四人が次々と変死をとげる。そのうち二人は自殺、または自殺同様の事故死、他の二人は殺人、またはそれに準じた死に方である。こうしたいくつもの異常な事件が一つの物語に組み込まれているという点。また、貧に窮した孤高の政治家とその娘、やさしい娘と白痴の息子をもつ卑しい成金、さらにその犠牲となる美しいヒロインの悲恋、といった類型的な人間模様が描き出されているという点で、この小説はいわゆる通俗小説としての形式を十分に備えているといえる。

ところで、「通俗小説」は一般に「純文学」と対立するものであり、「大衆小説」と同義語であると考えられるが、じつは、これらのどの用語も厳密に定義することはむつかしいのである。「真珠夫人」の鑑賞にあたって、こうした点について考えておくこともむだではなかろう。

「真珠夫人」以前の明治期にも、もちろん、今日からみて「通俗小説」と呼べるものは数多く書かれている。尾崎紅葉の「金色夜叉《こんじきやしゃ》」や徳富蘆花の「不如帰《ほととぎす》」はそのよい例である。ところが、これらの作品は、少なくとも当時においては、とくに「通俗文学」として他の種類の作品から区別されることはなかったのである。この「通俗小説」という概念ができて来たのは、中村武羅夫によると、日露戦争後の自然主義が「心境小説」という小説形式とともに、「純文学」という概念をもたらしてからであったという。つまり「心境小説」に対立するものが、「通俗小説」と呼ばれるようになったのである。

菊池寛と同時代の大衆作家であった直木三十五は、「純文学」と「通俗小説」との違いを次のように説明している。

「近代小説は、鏡に写った自己の顔を、何の程度かにか描くものである。或は、顔以外に、部屋の小部分を、又は、鏡の端に写っているアカシヤを。

大衆文学は、窓外を見て、それを描く。自動車の奔流。あっ轢かれた、バルーンへ攀登る奴がいる――。」

(「大衆文学の本質」)

ここでいわれている「近代小説」は、いわゆる「心境小説」、あるいは「純文学小説」と理解してよいだろう。

こうして出現した「通俗小説」は、とくに大正中期ごろから発達した商業主義的ジャーナリズムとともに急速に発展して行くようになったのである。自然主義の影響も受けず、また、「心境小説」の作風からも遠くへだたっていた作家、菊池寛の手によって書かれた「真珠夫人」は、こうした、いわば近代的通俗小説の発生期にあたって、生まれるべくして生まれた小説なのである。

もう一度「真珠夫人」にもどり、その内容やテーマを考えてみよう。

ヒロインの瑠璃子は、父を窮地から救うために、荘田の後妻に行く自分の運命を「ユージット」という伝説上の女性に比している。

このユーディット（Judith）は経典外聖書や、ドウェー聖書の中に出てくる、伝説上のユダヤ女性の名である。それによれば、ユダヤの都ベトゥーリエンがアッシリアの侵略を受けて、滅亡に瀕《ひん》したことがあった。この時、この町に住むやもめの処女ユーディットは突然神の啓示を受け、敵軍の猛将ホロフェルネスのもとにおもむく。そして寝室でかれをみごとに刺し殺し、ベトゥーリエンの町を救ったのである。

十九世紀のドイツの戯曲家ヘッベル（Christian Friedrich Hebbel――一八一三―六三）は、この伝説にもとづいて五幕の悲劇「ユーディット」を書いた。この戯曲においては、伝説上では英雄である、ユーディットが悲劇の主人公として描かれている。すなわち、ユーディットはホロフェルネスをにくもうとする自分の意に反して、かれの男性としての力に屈してしまうのである。彼女はホロフェルネスを殺して、ベトゥーリエンに帰るが、人々の歓喜と称賛とはうらはらに、敵将の子を宿したかもしれぬ不安から狂乱に陥って行くのである。

このヘッベルの戯曲に描かれたユーディットは、人間としての独立や、解放を求めて戦う近代女性の苦悩を暗示したもので、イプセンをはじめ、ヨーロッパの近代劇作家に大きな思想的影響を与えたといわれている。

「真珠夫人」の作者菊池寛は、この小説の起稿にあたり、何冊もの外国小説を読んで想を練ったといわれるが内容やテーマの面からみて、このヘッベルの「ユーディット」から受けた示唆《しさ》は大きかったと思われる。つまり、男性中心の道徳に反抗し、戦い、傷つき、そしてたおれるヒロイン瑠璃子の運命には、ヘッベルの『ユーディット』の悲劇的テーマからの暗示がつよく感じられるのである。通俗小説という形式は保ちながら、同時にこうしたインテレクチュアルな主題を盛り込んでいるという点に、「真珠夫人」の通俗小説としての新鮮さがあったということができる。

年譜

一八八八年（明治二一）　十二月二十六日、香川県高松市七番丁六番戸の一に、父武脩、母カツの三男として生まれる。家は代々高松藩の藩儒。父は当時、小学校の庶務係をしていた。

＊東京朝日新聞・大阪毎日新聞創刊。

一八九五年（明治二八）　**七歳**　四月、高松市四番丁尋常小学校に入学。

＊観念小説・悲惨小説流行。樋口《ひぐち》一葉《いちよう》「たけくらべ」を発表。

一八九九年（明治三二）　**十一歳**　四月、高等小学校へ入学。貧乏のため教科書を買ってもらえず、写本させられた。

＊家庭小説流行

一九〇一年（明治三四）　**十三歳**　『文芸倶楽部』を愛読し、紅葉・露伴らを知る。一方、習作のようなものを書きはじめる。

＊国木田独歩『武蔵野』、与謝野晶子歌集『みだれ髪』刊行。

一九〇三年（明治三六）　**十五歳**　県立高松中学校に入学。

＊尾崎紅葉没。

一九〇五年（明治三八）　**十七歳**　二月、高松市に教育図書館が開設され、第一号の一か月入場券を買う。以後、毎日ここに通い、おもな蔵書を読破した。

＊夏目漱石「吾輩は猫である」を発表。

一九〇六年（明治三九）　**十八歳**　『讃岐学生会雑誌』の懸賞作文に応じ二等となる。

＊島崎藤村『破戒』刊行。

一九〇七年（明治四〇）　**十九歳**　『日本新聞』の課題作文「博覧会」に入選し、東京見物に招待された。

＊田山花袋「蒲団」を発表。

一九〇八年（明治四一）　**二十歳**　三月、高松中学校を卒業。四月、東京高等師範学校に推薦入学。着京の翌日から上野図書館に通いはじめる。

＊花袋「生」を、藤村「春」を発表。自然主義文学最盛期を迎える。

一九〇九年（明治四二）　**二十一歳**　夏休みに帰省中、高師を除籍される。理由は行動放縦不羈《ほうしょうふき》。伯母のつれあいの養子になる約束で九月から明大法科に入り法律家を志したが、三か月で退学。初志の文学で身を立てようと、一高の受験準備をはじめる。

*耽美主義・享楽主義台頭。

一九一〇年(明治四三)　**二十二歳**　徴兵猶予のため、四月から七月まで早稲田大学に籍をおいた。同大学図書館で西鶴の『男色大鑑』を読み、感激した。このころ志望変更のことが養父に知れ、離縁となる。九月、第一高等学校に入学。同級に芥川龍之介・久米正雄・成瀬正一・松岡譲・佐野文夫らがいた。市内の図書館をあさり歩き、オスカー＝ワイルドに傾倒、のちバーナード＝ショウの影響を受ける。

*大逆事件起きる。『白樺』、『三田文学』創刊。石川啄木歌集『一握の砂』刊行。

一九一三年(大正二)　**二十五歳**　四月、友人の罪を着て一高退学。九月、京都帝国大学英文科に選科生として入学、翌年本科に移った。十月短編小説「禁断の果実」が『万朝《よろずちょう》報《ほう》』の懸賞に当選。十二月、懸賞「文芸の三越」に論文「流行の将来」が入選、賞金五十円を得る。

*東京市内に暴動起こる。

一九一四年(大正三)　**二十六歳**　二月、山宮允・山本有三らの同人雑誌、第三次『新思潮』に参加した。五月、「玉村吉弥の死」、八月、「弱虫の夫」、九月、「恐ろしい父恐ろしい娘」を草田杜太郎の筆名で同誌に発表した。

*第一次世界大戦勃発。

一九一六年(大正五)　**二十八歳**　二月、芥川・久米・成瀬・松岡らと第四次『新思潮』を発刊。三月、「暴徒の子」、四月、「不良少年の父」を草田杜太郎の名で同誌に発表。五月、「屋上の狂人」をはじめて本名を用いて同誌に発表、以来本名を使うようになった。七月、京都帝国大学を卒業。十月、時事新報社社会部に就職した。

*デモクラシーの主張高まる。漱石没。

一九一七年(大正六)　**二十九歳**　一月、「父帰る」(『新思潮』)発表。四月、同郷の奥村包《かね》子と結婚。このころ雑誌『斯論《しろん》』から執筆依頼を受け、「暴君の心理」を書いて初めての原稿料を受けた。十一月、「第一人者」(『中学世界』)を発表。

*ロシア革命勃発、ソビエト政権樹立。

一九一八年(大正七)　**三十歳**　五月、「海鼠《なまこ》」(『中学世界』)を発表。七月、「無名作家の日記」(『中央公論』)、八月、「忠直卿行状記」(同)を発表、新進作家として文壇的地位を確立した。この年三月、長女瑠美《るみ》子が生まれた。

*富山県に米騒動起こる。日本シベリアに出兵。

一九一九年(大正八)　**三十一歳**　一月、「恩讐の彼方に」(『中央公論』)発表。最初の短編集『心の王国』を新潮社より刊行。二月、時事新報社を退き、大阪毎日新聞社の客員となる。四月、「藤十郎の恋」(『大阪毎日新聞』)、九月、「友と友の間」(同)を発表。この年の春、芥川と長崎に遊んだ。

＊パリ講和会議開かる。松井須磨子自殺。

一九二〇年(大正九)　**三十二歳**　五月、山本有三・長田幹彦らと劇作家協会を組織。六月から十二月まで、最初の通俗長編小説「真珠夫人」を『大阪毎日新聞』『東京日日新聞』に連載。十月、「父帰る」が市川猿之助らにより新富座で上演され、旧作戯曲が再認識されるきっかけを作った。

＊日本最初のメーデー行なわれる。財界不況。通俗小説流行しはじめる。

一九二一年(大正一〇)　**三十三歳**　一月、「蘭学事始」(『中央公論』)、二月、「入れ札」(同)を発表。五月より「慈悲心鳥」を『母の友』に連載。七月、徳田秋声・加能作次郎らと小説家協会の組織につとめた。十月、「俊寛」(『改造』)を発表。

＊『種蒔く人』創刊。志賀直哉『暗夜行路』(前編)刊行。

一九二二年(大正一一)　**三十四歳**　一月、評論随筆集『文芸春秋』を金星堂から刊行。二月より「火華」(『大阪毎日』・『東京日日』)を連載。五月、「芸術本体《プロパー》に階級なし」(『新潮』)を発表、当時の階級芸術論争に波紋を投げた。七月、「文芸作品の内容的価値」(『新潮』)を発表。里見弴との論争を呼んだ。秋、小石川林町に移転。

＊有島武郎北海道狩太農場を解放。

一九二三年(大正一二)　**三十五歳**　一月、雑誌『文芸春秋』を創刊。同じ月、母を失なう。三月、「遊女の天国」(『女性』)、四月、「従妹」(『中央公論』)、「義民甚兵衛」(『改造』)を発表。七月より長編「新珠」を『婦女界』に連載。九月一日、関東大震災にあう。非常時下の芸術の無力性をのべた「災後雑感」(『中央公論』十月)は、里見弴などの反論を受けた。この夏駒込神明町に移ったが、震災により田端の室生犀星宅に移る。十月、長男英樹《ひでき》が生まれた。暮れに雑司ケ谷金山へ転居。

＊亀戸《かめいど》事件・甘粕《あまかす》事件起こる。

一九二四年(大正一三)　**三十六歳**　一月、「真似《まね》」(『新潮』)を発表。二月、単行本『啓吉物語』を玄文社より刊行。七月、「時の氏神」(『婦女界』)を発表。十一月中旬、最初の狭心症の発作に見舞われた。

＊川端康成・横光利一ら『文芸時代』創刊。新感覚派の文学誕生。

一九二五年（大正一四）　**三十七歳**　七月より「第二の接吻」（『朝日新聞』）を連載。この年六月、次女ナナ子誕生。
＊治安維持法、普通選挙法公布さる。

一九二六年（大正一五、昭和元）　**三十八歳**　一月、小説家協会・劇作家協会の合同に奔走、文芸家協会を組織し、みずから幹事として事務を監督した。四月、報知新聞社の客員となった。
＊同人雑誌の発行盛ん。円本時代はじまる。

一九二七年（昭和二）　**三十九歳**　二月、初の座談会を企画し、その記事を三月の『文芸春秋』に載せる。三月より「結婚二重奏」（『報知新聞』）を連載。七月、芥川龍之介自殺。九月。「芥川の事ども」を『文芸春秋』に書く。
＊金融恐慌起こる。

一九二八年（昭和三）　**四十歳**　二月、日本最初の普通選挙に、社会民衆党から衆議院議員に立候補したが落選。六月、文芸春秋社を株式会社に組織がえして、取締役社長に就任。十月、「噂《うわさ》の発生」（『改造』）を発表。
＊三・一五事件起こる。プロレタリア文学運動盛んになる。

一九二九年（昭和四）　**四十一歳**　一月、平凡社版『菊池寛全集』（十二巻）の刊行はじまる。四月より「不壊の白珠」（『朝日新聞』）を連載。
＊ニューヨーク株式市場大暴落、世界恐慌はじまる。島崎藤村「夜明け前」、小林多喜二「蟹工船」発表。

一九三〇年（昭和五）　**四十二歳**　五月、文化学院文学部部長に就任。九月、満鉄の招待で直木三十五・横光利一らと満州に旅した。
＊恐慌深刻化する。

一九三一年（昭和六）　**四十三歳**　八月、「話の屑籠《くずかご》」を『文芸春秋』に連載しはじめる。九月より「勝敗」（『朝日新聞』）を連載。
＊満州事変はじまる。

一九三二年（昭和七）　**四十四歳**　八月より「日本合戦譚」（『オール読物』）を連載。十一月、ロシア対外協会から招待を受けたが、旅券がなかなかおりず、断念する。
＊五・一五事件起こる。

一九三三年（昭和八）　**四十五歳**　八月、平凡社版『続・菊池寛全集』（十巻）の刊行はじまる。九月より「日本武将譚」（『オール読物』）、十一月より「三家庭」（『朝日新聞』）を連載。
＊ドイツにヒトラー内閣成立。日本国際連盟脱退。

一九三四年(昭和九)　**四十六歳**　一月、直木三十五・山本有三らと文芸懇話会を組織した。四月、大阪毎日新聞社・東京日日新聞社の顧問となる。七月から「貞操問答」(『東京日日新聞』)を連載。

*プロレタリア文学後退。行動主義・転向文学起こる。

一九三五年(昭和一〇)　**四十七歳**　二月、『文芸春秋』誌上で、「芥川龍之介賞」「直木三十五賞」の制定を宣言する。十一月、日本映画協会の理事となる。

*石川達三「蒼氓」で第一回芥川賞を受賞。

一九三六年(昭和一一)　**四十八歳**　五月、文芸家協会臨時総会開かれ、推されて初代会長となる。

*二・二六事件起こる。

一九三七年(昭和一二)　**四十九歳**　一月より「現代の英雄」(『キング』)を連載。二月、文芸春秋創立十五年と、菊池寛生誕五十年を祝う祝賀会が東宝劇場で開かれた。六月、芸術院会員となる。

*日華事変はじまる。

一九三八年(昭和一三)　**五十歳**　三月、長女瑠美子結婚。七月、財団法人「日本文学振興会」を創立、初代理事長となる。九月から十月にかけて中国視察旅行をする。

*国家総動員法公布。文芸統制強化さる。

一九三九年(昭和一四)　**五十一歳**　一月、「西住戦車長伝」取材のため、南京、徐州方面を視察。三月より同作品を『大阪毎日』、『東京日日』に連載。この年、「菊池寛賞」を設定。

*戦争文学・国策文学流行する。

一九四〇年(昭和一五)　**五十二歳**　四月、汪精衛政府樹立式典に、言論界代表の国民使節として渡支。八月には満州・朝鮮を、十二月には台湾を講演旅行する。

*日独伊三国同盟成立。

一九四一年(昭和一六)　**五十三歳**　三月、岸田国士らと映画俳優学校設立。七月、樺太へ講演旅行する。

*太平洋戦争はじまる。

一九四二年(昭和一七)　**五十四歳**　五月、日本文学報国会創立総会議長となる。七月より「我が愛読文章」を『文芸春秋』に連載。十二月、『評注名将言行録』(上)を非凡閣より刊行。

*日本文学報国会結成。

一九四三年(昭和一八)　**五十五歳**　三月、大映株式会社社長となる。四月、『評注名将言行録』(中)、十一月、同(下)

を刊行。
＊谷崎潤一郎「細雪」掲載禁止さる。

一九四四年（昭和一九）　**五十六歳**　この年、将棋五段となる。
＊サイパン島日本軍全滅。東条内閣総辞職する。

一九四五年（昭和二〇年）　**五十七歳**　十一月、「自由主義の意味」を『富士』に発表。この年、長男英樹・次女ナナ子結婚。
＊日本「ポツダム宣言」を受諾。第二次世界大戦終わる。

一九四六年（昭和二一）　**五十八歳**　一月より「話の屑籠」を『キング』に連載。三月、文芸春秋社を解散。九月、『戦後放言其心記』を建設社から刊行。十一月より「新今昔物語」を『苦楽』に連載。十二月、大映社長を辞任。
＊農地改革実施。新憲法公布。

一九四七年（昭和二二）　**五十九歳**　五月より「続・半自叙伝」を『新潮』に、六月より「好色物語」を『新大阪新聞』に連載。十月、公職追放の指令を受く。
＊六・三制実施。戦後派作家台頭す。

一九四八年（昭和二三）　**六十歳**　二月から「今昔譚《だん》」（『文芸読物』）を連載。三月、「好色成道《じょうどう》」（『小説の泉』）、「恋文」（『人情』）、四月、「偸盗伝《ちゅうとうでん》」（『小説と読物』）、「約束」（『サロン』）、五月、「栄枯盛衰」（『主婦之友』海外版）、「無題」（『富士』―絶筆）を発表。三月六日午後九時十五分、狭心症で急逝。三月十二日、音羽護国寺において、久米正雄を葬儀委員長として、告別式が営まれた。会葬者数千名に達す。
＊太宰治自殺

参考文献

『菊池寛伝』　鈴木氏亨　実業之日本社　昭12・3

『眼中の人』　小島政二郎　三田文学出版部　昭17・11
のち「角川文庫」(昭31・8)に収む。

『長編小説・菊池寛』　那珂孝平　日新書店　昭23・4

「その頃の菊池寛」(青木文庫『わが文学半生記』所収)　江口渙　青木書店　昭28・7

『芥川と菊池』(近世名勝負物語)　村松梢風　文芸春秋新社　昭31・6

『文芸春秋三十五年史稿』　文芸春秋新社　昭34・4

『人間・菊池寛』　佐藤みどり　新潮社「ポケット・ライブラリ」　昭36・6

『菊池寛』　永井龍男　時事通信社　昭36・8

「菊池寛と芥川龍之介」(『座談会・大正文学史』所収)　柳田泉・勝本清一郎、猪野謙三編　岩波書店　昭40・7

「菊池寛論」(『小林秀雄全集』第四巻所収)　小林秀雄　新潮社　昭31・5

「真珠夫人」(『国語と国文学』特集「明治大正作家論」所収)　篠田太郎　昭10・10

「菊池寛」(『鑑賞と研究・現代日本文学講座・小説5・三田文学と新思潮』所収)　浅井清　三省堂　昭37・4

さくいん

作品

人名

—完—

B

菊池寛■人と作品　　　　定価はカバーに表示

1968年12月1日　第1刷発行©
2018年4月10日　新装版第1刷発行©

・著　者…………………………福田《ふくだ》清人《きよと》／小久保《こくぼ》 武《たけし》
・発行者……………………………野村　久一郎
・印刷所……………………………法規書籍印刷株式会社
・発行所……………………………株式会社　清水書院

〒102-0072　東京都千代田区飯田橋3-11-6
Tel・03(5213)7151～7
振替口座・00130-3-5283
http://www.shimizushoin.co.jp

検印省略
落丁本・乱丁本は
おとりかえします。

CenturyBooks

Printed in Japan
ISBN978-4-389-40127-6

CenturyBooks

清水書院の〝センチュリーブックス〟発刊のことば

近年の科学技術の発達は、まことに目覚ましいものがあります。月世界への旅行も、近い将来のこととして、夢ではなくなりました。しかし、一方、人間性は疎外され、文化も、商品化されようとしていることも、否定できません。

いま、人間性の回復をはかり、先人の遺した偉大な文化を継承して、高貴な精神の城を守り、明日への創造に資することは、今世紀に生きる私たちの、重大な責務であると信じます。

私たちがここに、「センチュリーブックス」を刊行いたしますのは、人間形成期にある学生・生徒の諸君、職場にある若い世代に精神の糧を提供し、この責任の一端を果したいためであります。

ここに読者諸氏の豊かな人間性を讃えつつご愛読を願います。

一九六六年

SHIMIZU SHOIN